Cassian Maria Spiridon
卡西安·玛利亚·斯皮里东 著

ÎNTR- O DIMINEAȚĂ
一天早晨

丁超 译

山东教育出版社

图书在版编目（CIP）数据

　　一天早晨 /（罗）卡西安·玛利亚·斯皮里东著；
丁超译 . — 济南：山东教育出版社，2020.9
　　ISBN 978-7-5701-0697-4

　　I. ①一… 　II. ①卡… ②丁… 　III. ①诗集–罗马尼亚–
现代 　IV. ①I542.25

　　中国版本图书馆CIP数据核字（2019）第163129号

YITIAN ZAOCHEN

一天早晨

卡西安·玛利亚·斯皮里东 　著
丁　超　译

主管单位：山东出版传媒股份有限公司
出版发行：山东教育出版社
　　　　　地址：济南市纬一路 321 号　邮编：250001
　　　　　电话：（0531）82092660　网址：www.sjs.com.cn
印　　刷：山东星海彩印有限公司
版　　次：2020 年 9 月第 1 版
印　　次：2020 年 9 月第 1 次印刷
开　　本：787 毫米 × 1092 毫米　1/16
印　　张：16.75
印　　数：1–2000
字　　数：170 千
定　　价：69.00 元

（如印装质量有问题，请与印刷厂联系调换）印厂电话：0531-88881100

卡西安·玛利亚·斯皮里东（Cassian Maria Spiridon，1950— ）罗马尼亚诗人、随笔作家。罗马尼亚作家联合会董事会成员、全国理事及雅西分会主席，《文学谈话》杂志社社长、时代出版社社长、《诗歌》杂志主编。长期从事诗歌创作、文学出版和国际文化交流，出版诗歌、随笔和政论文集四十余部，主要诗集有《从零开始》《夜之星座》《试金石》《感怀的艺术》《总有雨水冲刷断头台》《摇摆的诗篇》《用思想用形象》等。作品获罗马尼亚科学院"米哈伊·爱明内斯库"诗歌奖，罗马尼亚作家联合会奖、雅西作家分会奖，以及摩尔多瓦共和国作家联合会奖等，已被翻译成世界上二十多种语言出版。近年来还获得罗马尼亚"指挥官级"文化功勋章、雅西市"荣誉市民"等称号。

Cassian Maria Spiridon

又一次语言与抒情的远行

——序卡西安·玛利亚·斯皮里东诗集《一天早晨》

吉狄马加

罗马尼亚诗歌在中国诗人和读者中一直受到特殊的喜爱，那是因为罗马尼亚诗歌除了具有独特的诗歌传统外，更重要的是这些诗歌还具有某种纯粹的抒情品质，其语言、象征和意象就如同透明的晶体，给人一种整体的极为高贵的抒情特征，不少诗歌还蕴含着丰富的隐喻和哲理，当然就不同的诗人而言，他们的诗歌风格和诗歌气质又是完全不一样的。但是，罗马尼亚诗歌中所弥漫的那种纯粹的、哲思的、玄妙的、暗示的、有时甚至是启示性的气息，都会在这些不同的诗人的作品中呈现出来。我认为就诗歌的抒情品质以及在语言的纯粹性方面所达到的高度，罗马尼亚诗歌在整个西方世界都是令人瞩目的，无论是伟大的民族诗人米哈伊·爱明内斯库，还是现当代天才的诗人尼基塔·斯特内斯库，当然还有一批不胜枚举的卓越诗人，在他们的创作中都表现出了无与伦比的、高超的抒情能力，这一伟大的抒情传统也一直被后来的罗马尼亚诗人们所继承并得以弘扬。

诗集《一天早晨》是罗马尼亚当代杰出诗人卡西安·玛利亚·斯皮里东的一本诗歌合集，令人欣喜和高兴的是我在阅读这本诗集时，它让我再一次感受到了这种传统和抒情的力量。这说明诗歌的抒情性作为诗歌最重要的特征之一，从来就没有失去过它的作用，尤其是对于那些有着悠久诗歌传统的民族的诗人，他们诗歌中的抒情性还与他们独特的语言传统以及吟诵方式密切相关，虽然在世界性的现代主义诗歌运动之后，许多诗人在尽量避免和减少诗歌中的抒情特质，力求用更平静冷峻的语言和修辞去陈述思想和内容，但是放眼世界我们仍然能看见在不同的语言和国度，都会有一些杰出的具有高超抒情能力的诗人涌现，而抒情作为一种诗歌传统也在被这些诗人进行着一种新的创造。在这里我想说明的是，这一抒情的传统和特质，并不是这些诗人作品整体风格和内容构成的全部，而是指这些诗歌或多或少蕴含着抒情的特质和精神。可以说，诗人卡西安·玛利亚·斯皮里东的整体写作都体现了这一特质，当然更重要的是他的作品视野开阔，将个人生命体验很好地融入了人类的集体经验。每一首诗都真实地记录和反映了他的心路历程及独特感受，同样也让我们看到了作为一个诗人，他始终对明天和未来充满了希望。由此我可以肯定，他也是一位对人类和生命肩负着责任和使命的诗人。

当下整个世界的大多数诗歌写作都趋于碎片化，诗歌中缺少真正意义上的精神高度，特别是对精神价值和理想信仰的解构。近一两代诗人的写作充满了游戏性和自然主义的直接呈现，致使已经能让我们完全感受到这些诗歌已经离人类的心灵越来越远，这些缺少精神和思想意义的作品，也足以让我们对今天的大量诗歌充满了疑虑和担忧。好在还能让我们感到欣慰和感动的是，在这个世界的不同地域总还有像卡西安·玛利亚·斯皮里东这样的诗人存在，他们的作品是人类心灵的回声，是从养育了他们的土地上吹过的微风，是闪烁在他们的祖国的夜空里最明亮的星星，是他们思念故土山川万物时眼里的泪水。总之，这些作品无论被翻译成什么语言，都一定会在不同的地域找到自己的知音。

我很喜欢卡西安·玛利亚·斯皮里东的一首诗，也就是这本诗集的名称《一天早晨》，他这样写道："一天早晨罗马尼亚醒来 / 身边挨着的是中国 / 她的人口比印度还要众多 / 她的历史比法国都要令人艳羡……还有她的哲人智者比生存于德奥诸邦的更加深刻 / 还有她的富饶远胜过山姆大叔的国度／所有的地震都停止了／全部的江河流水都温顺的汇入它们的河床／任何一种灾难都不会再造访祖国的土地／社会秩序臻于完善／四季明媚／罗马尼亚民众幸福／所有这些／发生在一天早晨。"当然，这是典型的诗人的想象，作为一个中国诗人，我同样有着一个美好的愿望，那就是有一天早上醒来，身边挨着的是罗马尼亚，不知是梦境还是想象，我看见罗马尼亚的土地上，流淌着蜂蜜和令人目眩的阳光，那一望无际的金黄的麦穗正摇曳在微风之中，被米哈伊·爱明内斯库赞颂过的天空蓝得如同海洋，而这一切也同样发生在一天早晨。是为序。

2019 年 7 月 30 日于北京

吉狄马加，彝族，1961 年 6 月生于中国西南部最大的彝族聚居区凉山彝族自治州，是中国当代最具代表性的诗人之一，同时也是一位具有广泛影响的国际性诗人，其诗歌已被翻译成近四十种文字在世界多个国家出版。曾获中国第三届新诗（诗集）奖、郭沫若文学奖荣誉奖、肖洛霍夫文学纪念奖、国际华人诗人笔会中国诗魂奖、南非姆基瓦人道主义奖、欧洲诗歌与艺术荷马奖、布加勒斯特城市诗歌奖、波兰雅尼茨基文学奖、英国剑桥大学国王学院银柳叶诗歌终身成就奖、波兰塔德乌什·米钦斯基表现主义凤凰奖。现任中国作家协会副主席、书记处书记。

O CĂLĂTORIE PRIN LIRISM ȘI LIMBAJ

— Prefață la volumul *Într-o dimineață* al lui Cassian Maria Spiridon

Poezia românească se bucură de o atenție specială în rândul poeților și cititorilor chinezi, datorită faptului că, pe lângă tradiția originală a creației poetice, mai important e că această poezie posedă o anumită calitate lirică de puritate, cu limbaje, simboluri și imagini transparente, ca de cristal și se distinge printr-o lirică de mare noblețe, conținând, totodată, bogate metafore și conotații filosofice. Desigur, la poeți diferiți întâlnim stiluri și temperamente poetice strict personale. Totuși, acel aer pur, filosofic, misterios, sugestiv, uneori chiar revelator, existent în poezia românească, se manifestă în varii proporții în creațiile poeților români. În opinia mea, în ceea ce privește calitatea lirică și puritatea limbajului, poezia românească a atins o cotă admirabilă în întreaga lume occidentală, indiferent dacă e vorba de Mihai Eminescu, marele poet național, sau Nichita Stănescu, poet-geniu contemporan, și

firește, nenumărați alți poeți excelenți, care au dat dovadă, în opera lor, de o capacitate lirică puternică, inegalabilă, marea tradiție lirică fiind continuată pe același glorios palier și de alți poeți care i-au succedat.

Volumul *Într-o dimineață* este o antologie din creația lui Cassian Maria Spiridon, remarcabil poet român contemporan. Am fost surprins în mod plăcut și îmbucurător de lectura acestui volum care m-a făcut să percep forța lirică specifică poeziei românești. Aceasta demonstrează că lirismul, ca una dintre cele mai însemnate trăsături ale poeziei, nu și-a pierdut niciodată rolul, mai ales pentru acei poeți ce aparțin națiunilor cu tradiții poetice îndelungate, iar lirica lor are în continuare o strânsă legătură cu tradițiile specifice de limbă, dar și cu modul în care este cultivată poezia. Urmând unele mișcări poetice moderniste prezente la scară mondială, mulți poeți încearcă pe cât se poate să evite și să reducă liricitatea din poezie prin exprimarea conținutului de idei într-o stilistică și un limbaj rece și calculat. Totuși, dacă urmărim mișcările lirice din întreaga lume, vom remarca existența în diverse limbi și țări a unor poeți de excepție, cu o înaltă și neobișnuită capacitate lirică, iar lirismul specific poeziei autentice se supune acestor creatori care-l reînnoiesc prin talentul lor. Ceea ce aș menționa aici e că această tradiție și calitate lirică nu constituie o constantă a operei acestor poeți, care au stilurile și elemente componente proprii, ci se referă doar la spiritul cuprins în poeziile lor. S-ar putea spune că scriitura poetului Cassian Maria Spiridon, în ansamblul ei, a demonstrat această calitate, mai mult decât atât, opera lui, cu un orizont larg deschis, și-a integrat în mod ingenios experiențele individuale din viață cu cele colective, ale omenirii. Fiecare poem reflectă autentic trăirile lui particulare și unice, poemele fiind însemnări lirice despre drumul parcurs de el cu sufletul. De asemenea, ne face să constatăm că el, ca poet, este totdeauna plin de speranță pentru ceea ce ne așteaptă în viitor.

La ora actuală creația poetică din întreaga lume tinde spre scrieri fragmentare, poezia este lipsită de adevărate înălțimi spirituale, mai mult decât atât, s-au destructurat valorile spirituale, idealurile și credința, iar la poeți din ultima sau ultimele două generații scrierile au un caracter ludic, cu apel la un limbaj cît mai frust, versurile lor tind să se depărteze din ce în ce mai mult de sufletul omului, sunt lucrări lipsite de semnificații în spirit și gândire, lucrări ce ne creează dubii și îngrijorări față de imensitatea versurilor ce apar în zilele noastre. Din fericire însă, mai putem fi încântați și impresionați de prezența continuă, în diferite zone ale lumii, a unor poeți, cum e și Cassian Maria Spiridon, ale căror opere produc emoții în sufletul omului, aduc adiere peste pământul care le-a nutrit viața, se înalță ca adevărate stele strălucitoare pe cerul nocturn al patriei lor, ca lacrimi ce le curg din ochi când ei sunt plecați de dorul meleagurilor natale cu munți, ape și cu întreaga natură. Acest fel de poezie, indiferent în ce limbă s-ar traduce, își găsește cu siguranță admiratori.

Mi-a plăcut mult un poem de-al lui Cassian Maria Spiridon, acela care a dat și titulatura acestui volum – *Într-o dimineață* – unde întâlnim versurile: „într-o dimineață România s-a trezit/ vecină cu China/ cu o populație mai numeroasă/ ca a Indiei/ cu o istorie invidiată/ inclusiv de Franța/ *[...]*/ cu filosofi mai profunzi/ decît cei viețuitori prin landuri/ și cu mult mai bogată/ decît țara unchiului Sam/ încetaseră toate cutremurele/ rîurile și fluviile se rostogoleau/ blînde în albia lor/ nici o calamitate/ nu mai vizita pămînturile patriei/ ordinea socială era desăvîrșită/ anotimpurile minunate/ românii fericiți/ iar toate acestea/ se întîmplau/ într-o dimineață...". Și bineînțeles, aceasta este o imaginație tipică poetului, iar ca un coleg chinez, am și eu o frumoasă dorință ca într-o dimineață să mă trezesc alături cu România. Nu știu dacă e reverie sau închipuire, că văd pe pământul României curgând miere și sclipind razele soarelui, că peste tot se leagănă în vânt spice aurii de grâu și cerul binecuvântat de Mihai Eminescu este albastru-azuriu ca marea, și toate acestea se întâmplă tot într-o dimineață. Atâta pentru prefață.

Beijing, 30 iulie 2019

Date despre autor: Jidi Majia, de naționalitatea Yi, născut în iunie 1961 în raionul autonom Liangshan de naționalitatea Yi, cea mai mare regiune populată cu această comunitate etnică situată în sud-vestul Chinei, este unul dintre cei mai reprezentativi poeți chinezi contemporani și cu largă rezonanță internațională. Poezia lui, tradusă în aproape 40 de limbi și editată în mai multe țări ale lumii, s-a distins cu numeroase premii în țară și străinătate - premiul de poezie nouă din China (pentru volum), ediția a III-a, premiul de literatură „Guo Moruo", medalia și diploma comemorativă „Mihail Șolohov", titlul Fundației umanitare Mkiva din Africa de Sud, medalia europeană de poezie și artă „Homer", premiul de la Festivalul internațional de poezie București, premiul „Janiski" din Polonia, premiul „Salcia de argint" de la Festivalul de poezie și artă „Xu Zhimo" Cambridge, premiul de Fenix „Tadeusza Micińskiego" din Polonia ș.a. La ora actuală este vicepreședinte al Uniunii Scriitorilor din China, membru al Secretariatului acesteia.

致中国读者

我始终感到在罗马尼亚人民和中国人民之间，有一种心灵和精神上的恒久亲和力，冒昧而言，这是一种在新石器时代就表现出的亲和力。（位于雅西附近的）库库特尼文化和（与我们相距千万里的）仰韶文化，前者出现在公元前 5000 至 3500 年，后者出现在公元前 5000 至 3000 年，这两种伟大的文化非常相似，甚至相同。

还有什么可以比发现我们有共同的根源更加让人振奋。

中国是造纸术、印刷术、火药的诞生国，这让天空沉浸于焰火的欢乐。中国是丝绸的国度，是产生许多伟大的建造师和思想家，尤其是诞生了王维、李白、杜甫、白居易等唐朝大诗人的国度，同时也是当代诗人们的国度。他们当中的一些，如雷人、舒丹丹、北塔、祁人、戴潍娜、柏常青、周占林、张景涛等，都作为我们的嘉宾参加过在雅西举办的国际诗歌节，还有我通过阅读罗马尼亚翻译出版的书籍所认识的吉狄马加。

在大约二十年前，我的作品有幸被精通罗马尼亚语的高兴翻译成中文发表在 2001 年第 3 期《世界文学》上，他现在是该杂志的主编。中国作家协会的刊物《诗刊》2003 年第 3 期登载过我的一组诗，译者是能娴熟运用罗马尼亚语的丁超。2012 年，高兴还翻译过我的几首诗，收入在北京出版的一部罗马尼亚当代诗歌集。这些是中国读者最初遇到的我的诗歌作品。

想到中国读者能够通过这本印制精美的集子读到我的诗歌，我倍感荣幸。

希望大家的阅读愉悦，谨此致谢译者丁超、为本书作序的吉狄马加和山东教育出版社。

卡西安·玛利亚·斯皮里东

Gînduri către cititorul chinez

Am simțit dintotdeauna o constantă afinitate sufletească și spirituală între poporul român și poporul chinez, o afinitate manifestă, îndrăznesc să afirm, încă din neolitic. Cele două mari culturi, Cultura Cucuteni (localitate situată lângă Iași) și Cultura Yangshao (aflată, față de noi, la mii și mii de *li*) – prima datând din anii 5000-3500 Î.Ch. și a doua din anii 5000-3000 Î.Ch., sunt foarte asemănătoare, până la identitate.

Ce poate fi mai înălțător decât să aflăm că avem rădăcini comune.

China este țara unde s-au născut hârtia și tiparul, praful de pușcă, spre bucuria cerului de a fi scăldat de artificii, țara mătăsii, a marilor constructori și a marilor gînditori, și, mai mult, țara marilor poeți din dinastia Tang: Wang Wei, Li Bai, Du Fu, Bai Juyi, dar și a celor contemporani, dintre care pe unii i-am avut oaspeți la Festivalul Internațional „Poezia la Iași": Lei Ren, Shu Dandan, Bei Ta, Qi Ren, Dai Weina, Bai Changqing, Zhou Zhanlin, Zhang Jingtao, dar și Jidi Majia pe care l-am cunoscut doar citindu-i cărțile traduse și publicate în România.

Încă acum aproape două decenii, am avut onoarea de a fi tradus de excelentul cunoscător de limbă română Gao Xing și publicat în nr. 3/2001 al revistei *World Literature*, Beijing, China, revistă la care domnia sa este acum redactor șef. În 2003, numărul 3 al revistei *Poezia*, revistă a Uniunii Scriitorilor din China, publică un grupaj din poeziile mele în traducerea lui Ding Chao, un extraordinar mânuitor al limbii române. În 2012, câteva poezii ale mele, traduse tot de Gao Xing, au apărut într-o antologie de poezie română contemporană editată la Beijing. Au fost primele întâlniri ale poeziilor mele cu publicul chinez.

Sunt onorat încă o dată la gândul că poezia mea este accesibilă cititorului chinez prin acest volum atât de frumos editat.

În speranța unei lecturi agreabile, închei mulțumind traducătorului Ding Chao, lui Jidi Majia, care a prefațat cartea, și editurii Shandong Education Press.

Cassian Maria Spiridon

一天早晨

目录 / CUPRINS

1–20

从零开始
PORNIND DE LA ZERO, 1985

21—34

夜之星座
ZODIA NOPȚII, 1994

35—66

试金石
PIATRĂ DE ÎNCERCARE, 1995

67–76

爱情与死亡
DE DRAGOSTE ŞI MOARTE, 1996

77–86

感怀的艺术
ARTA NOSTALGIEI, 1997

87–100

总有雨水冲刷断头台
ÎNTOTDEAUNA PLOAIA SPALĂ EŞAFODUL, 1997

101–122

时光带着讥讽的微笑飞逝
CLIPA ZBOARĂ C-UN ZÎMBET IRONIC, 1999

123–134

从一个废弃的小站
DINTR-O HALTĂ PĂRĂSITĂ, 2000

135–146

没有任何激荡堪比生活
NIMIC NU TULBURĂ CA VIAȚA, 2004

一枚裹上红色的箭头
O SĂGEATĂ ÎMBRĂCATĂ ÎN ROȘU, 2008

摇摆的诗篇
POEME ÎN BALANS, 2013

211–242

诗歌断想（节选）

SUB CRINII ALBI, PE UNDE NU-I ISPITĂ.

Gînduri despre poezie, 2009

ALTE GÎNDURI DESPRE POEZIE, 2017

从零开始

PORNIND DE LA ZERO,

1985

弄臣的谈言

我毫不在乎地安放自己
我占据自己的身子
　　　　　我占据自己的肉体
我穿过空间
　　　　没有微风或寒流
在我的身后
　　　　任何纸片也没有在脚下带起
我触摸空旷
　　　或从中穿越

　　　　　　＊

忽然
　　　心灵也
掺杂于天空
　　　　　　于是开始飘雪
带着沉甸甸的雪花
让我起誓
因为我变成了一片湖
　　　　　　近乎一片湖水
手在里面冻成了白色

　　　　　　＊

穿过夜色迈着影子般的脚步
　　　灵魂来了
它肩上扛着苍白的头颅
　　　和灰烬般的鬓发
它在空荡荡的房间来回走动

气喘吁吁

我藏在书堆后听着这喘息

于是心怀恐惧地寻找

我打开的那本大书

*

给我心脏铸造的那枚枪弹

胡乱地穿射在世间

它不停歇地寻找着我

我被封存在卷宗

     盖着三个或四个图章

法律据此达成协议

要冲压上几克铅

*

我拖着的身影已是病痛不堪

     它悄然潜入 / 带着青色的斑痕

被一株株野草割裂

被一块块石头击中

我拖着的身影已是病痛不堪

     由于天空 / 由于充满白日灰土的风

由于夜晚的尘埃

由于空虚而病

我拖着的身影像一道光

爬上天空

满是灰尘 / 被追逐驱赶
紧随我的灵魂

*

重要的是
我们不要结束

让我们擦净脚上的鞋
因为我们不带嫉妒的脊梁

我们不要制造问题
让嘴巴能被看到
让牙齿能被听见

重要的是
第一步
明天我们会发现房间的门 / 被扭动
散落在整个原野上的纸片
缺少飞翔的天鹅
未曾见过的面孔上的斑点
自杀的诗篇

用裸露的肩膀

用裸露的肩膀 / 在闪亮中
（亲爱的）
让我来谈论我和你
不用开口
——哪怕仅仅一次——
用手指 / 用眼睛 / 用夏日衣衫遮挡的皮肤
如同淋浴像雨水一样
在你的身上流淌

我们躺在海滨浴场
手掌里攥着沙子
一粒一粒 / 都是两手的密码
血在奔流
为了你的左眼
抚爱 / 在长满枝叶的额头

海的国王
让我来谈论我和你
没有言语 / 但在梦呓

一天早晨

人性的诗

我过着
属于工业和知识密集
分成不同区域的
大城市居民的生活

我过着不抱怨
但也非庆幸
在一座普通楼房三层的
生活

街道到了某些钟点就变得空荡
黑暗的家中是孤独的女人
裸着身体在房间中摸索
孩子们已经入睡
而男人们刚刚下班回来

大主教堂的钟声在子夜里敲响

献给母亲玛利亚·斯皮里东的诗

穿过高高的农田 / 那里已满是野草
我像任何孤独的动物
死在原野的边际 /

在陡直的山坡
一棵棵槐树连成亲密无间的兄弟情谊
那片（寒冷的）树林
撕裂你心灵的肌肤

到那口（十一米深的）水井附近
草已干枯弯腰，被孩子们的戏耍
踩踏——长柄镰刀刚刚能在它们中间挥舞

出于偶然 / 我成为爱的产物
被温柔的需要挤压着 /
叶子在采摘过的果园里躁动
从四面重聚在一小块拥挤的土地
——玉米 / 马铃薯——几颗衰减的果树
——（它们因为孤独而萎缩）——它们曾茂盛
在祖父的年代

簌簌的脚步 / 母亲的声音是在预示
光荣的褴褛衣衫 / 伤痕的纪念
植留在脑海 / 苦难的根

那些应当死去的人越来越少
哀伤折磨着你 / 你在用僵直的手指
抓住时光 / 你在呼唤悲伤的思绪
然而教堂的尖顶 / 白杨树环绕着入口

（那些童年曾被偷作圣诞树的）枞树
土路——如今已经铺上柏油——农民们
依旧身处生活的河道

大脑中
是痛苦愈发残酷的 / 叶柄 /
我在黑夜的钳夹中瘫软
如同一只被干树枝折断声惊吓的雌鹿
如同一台无效运转的发动机

身体的表皮像在撕裂
被温柔和平缓的声音
以无尽的畏怯 / 得到天使的宽恕

被猛烈冲击在光里
在你面前倒下 / 还有
音乐的黑色泉水和静默

如何用粗糙的细腻
去度量处女的胸怀
那倒塌的生命是如何绽放
那孤独的面庞
　　　和（年轻自信的）额头
　　　　　又怎能让我不悲痛哀伤

父亲的归来

一

父亲在沼泽中
策马
飞奔
他的背影
过于沉重
如此衰老
我不禁发笑
在偌大的沼泽
他独自奔跑
老去的残腿
我远赶不上

你们笑你们唱
你们快活兄弟们
你们真不害臊
你们的父亲
从消散中回归
我要把他杀死
用在盛大的欢宴

二

我生病的父亲
面黄骨瘦
步履在神话世界险远的大海源头

他不懂我

　　　我不懂他

——夜晚降临了

　　　还是没有——

我写了一部专著
关于死亡
关于本质和虚无
一整部爱情的十诫
一篇关于恐惧的随笔
一本著作
谈论不朽
指出大地的企图
星球的运动
它们被我付之一炬

我喝着灰烬
早晨和晚间
白昼和黑夜

我写了一部专著

准备过冬的玫瑰花
已经被埋到脖子
在死前的那天
悄然绽放

一个女人摆开晾晒的衣服
灯光平静地闪烁
天上的那颗星划开一条寒冷的大道

悲情的风景诗

从零开始

一

从零开始
　从容适度地
把搓紧的手掌
　展开
睁大双眼
　挺直脊梁
沿着雨的落向
从零开始
　闭住嘴
满怀信心
　从绝望中
开始再开始
从一千种意义上开始
　　——可能发生的如此之多——

二

在生活中从零开始
从痛苦
从物质的最初形态
从石头的呼喊开始
我承认自己投入着
全部的细胞
我的令人毛骨悚然的神经元
在前进的过程中
在社会的存在中
即使我扼杀了自己的

影子

也不能缺少心灵震撼的生活

缺少缄默 / 怀疑的目光

去认知

三

零的状态

是蹒跚迟疑的状态

尽含在意义的缺失

我们从它起步

打着赤足

从原始的岩石

我们喷发奔涌

四

我守护心灵的游踪要用

刀剑

有如去把一个女人爱吻

我守护身体的行动要用

枪弹

直至自己成为

——丰田沃野的——

被酒神女祭司撕碎的狄俄尼索斯

我守护头脑的思绪要用

神学的哲学的诗歌的严谨

——犹如去数脊背上的桅桁——

我守护目光和目光的目光

以及能够倾听自我的耳朵
　　　　它像一朵矢车菊——充满了生活的嘈杂
我守护是为了发现如何能够
　　　　　　占据生存
是命运把它抛入了你的怀中
如何能够不用 / 或在
你开始惊呼之前就捷足先登
我守护着我的消失
　　　　我的延续 / 我的生长
我守护我的守护

五

因为一切活动皆是白费
一切事实也都枉然
物品天空……
万般如此
我承认自己也毫无用处
像一把利剑没有再去
　　　　　　征战
像一本书没有任何人愿意
　　　　　　把它翻看
像一个宇宙
　　　　　　缺少有人居住的行星
像一声惊呼
发自脑海的思绪万千

六

从无到有
我已经与所有的冷酷严峻
　　　　谈妥商定
把真理包含在
历史的神经束中
一公斤钢
永远等于
一公斤大脑
然而
并不是二乘二／就等于什么
我们也不是幸福
永远
我们当中还有几人
犹爱如初

七

尽管如此
我以为
我们可以继续——

来自机器的记忆

存在
全部都属于我
　　　　无所顾忌
用起皱纹的皮肤
　　　　用明亮的眼睛
被疯狂穿透
死亡
　　　　如同未倾吐的爱情
　　　　尾随着我
像夜晚的华尔兹
　　　　被枪毙——在墙边——因为叛变
像聚集在大脑的神经元
没有过错而屈从于自杀

人们无论怎样不再相信
这般击打在头顶倾泻
雨雪是与奥秘的相遇
　　　　　历史的箭镞

与神圣的黑格尔偶然相遇
成为我灾难性的活动

何等的灵犬嗅觉
追踪着我落下的脚步
何等的不安威胁着我 / 用牧草和所有

诗把我当面耻笑
它像粉碎谷壳那样被扔到谷场
（扔到酷热烘烤

满身灰尘和汗水的农民身上）
所有这些（不曾知晓／无法解决）
无须讨论
不可分割／如同捧在手里的海水
在一个颅骨化石／史前的
簌簌声响如同柔美夜晚的萤火虫

有一种力量
（冷漠）
碾压的
　　　　　无耻的
相等的磅子
在用冰冷星星嵌成齿缘的拱孔下

我要消灭所有想象的形式
忧伤和内心疲劳的形式
杀死——令人生厌的——墨杜萨[1]
用厌恶
用戴着死亡手套的双手

没有人颤抖
没有人削去自己的头发
　　　　　在我的喊声下
割断自己的绳索
　　　　——悬挂自己的绳索——

在冒着气泡的雨水下
慈悲的命运把我厚爱
在灰色的／日常的食物中

偶然的
在布朗运动的曲折中
惬意地咀嚼
在蛇的口中

在荒草之地和行刑队中间
我挤出表皮的血
　　　　划出生命的直线

夜

之

星

座

ZODIA NOPȚII,
1994

第一推动者

我们认识爱情的各种形式
孤单的如同植物进入冬眠
我们触摸着时光的／沉重的／萧瑟
如何在身体上留下自己鼻涕虫般的痕迹

我看到了对终结的想象
我看到了太阳光线的物质／起源
我一直看到数字的大树……
世界的脐

有人／承认／没有阴影
有人（出生）
你害怕闭上眼睛

——我还活着／我曾去寻找死亡——

当没有任何东西可以从头开始
剩下的是天际
留给睡眠蚂蚁的内陆

跪着的马／眼睛把光吸吮
它知道大地的辽阔／火焰般燃烧的剑
深渊的源头

身体的姿势

我用夜的嘴讲话
随遇而安地生活
我早晨五点起床 /
不管怎样还能站着

我得脚步咚咚 / 走过小桥
不孤独 / 不幸福
提着口袋 / 装满神经
就像拿着那本圣书

（你装着自己的那只皮包
是个物件
你要把它搞活
——装满感情）

波涛 / 翻滚自在随意
经过身体
从脸上掀去面具
它要我死
　　　　又要我不死
它要我活
　　　　又要我不活
它要我站
　　　　又不要我立
徒劳地把头置于躯干
徒劳地让皮肤
　　　　在清晨的凉爽中发亮
　　　　让头留在躯干
它已经徒劳地离开
　　　　我的身体

一天早晨　　　　　　　　　**24**

寒冷

我看见 /
戈壁荒沙岛上的寒冷
疲倦 / 发动机的纺织
夜色
还有寂静

我看见
花朵缓缓地飘落
是樱桃李的花 / 那时 / 在童年

（若是死亡
一股银河的寒冷
一个猛烈的钟点
我们将承认
我们曾经历过它们）

喊叫 / 与任何人无关

我明白生命对我的危害

不知疲倦的老虎 / 青春 / 把我撕碎

胸中充满的是爱情

温柔的重压是我失去时的

幸福

时光流淌在脚下 /

为了让我

光荣地步入旷野

享受苦难

从我穿过的是

黑色的帆船／梦想／各种断路

都属于死亡

我仍在写作

就这样

身穿着徒劳的衬衫

星座

连你的脚掌我都不能再吻

我放弃了

疾跑和绿色的时刻

（对白羊和它的命运

          我说：

大门已被闩住

谁都没时间去死）

抖去肩头的雪片和灰烬
切开静脉来看里面的流淌和颜色
来看
没有意义的人／拥挤在死亡的沟壑
滑动的／没有爱的世界
逐渐远去
——被废除的国王——
把膝盖撞到红色的石头

心裸立着
深深插入生命的根中
在海洋的血里
夜的黑色躯体
放下它的全部重量
寂静吞噬无声的肉体
火与水在激情交合

孤独而明亮
完成着摩西的十诫
我满足于这种荒寂

物质的痛苦

在痛苦和沉默之间

在痛苦和沉默之间 /
流淌着
一条致命的江河 / 像但丁诗中的蒸汽①那般吸引
我出生在鼓的轰鸣中
在清晨的表面划刻
死亡和爱情（的）语词
为了再坚持片刻 /

可能性 / 不可调和 / 拉着我
去发现有毒的饮品
——我得到启示
　　　　大脑里闪过耀眼的光——

（比任何都要紧的是
我们要爱
直至荣耀
原野里带刺的草
沉默和寒冷的刺柏 /
生命的粗犷故事）

① 但丁的《奔腾的水流》一
诗中写道："大地的怀抱里散
发出蒸汽 / 泉眼里涌出奔腾的
水流 / 蒸汽从深渊冒向高处。"
（钱鸿嘉译）

留给记忆
　　　　　以权利
忘却你全部的吻
然而它每年还不到一个
每次遗忘都俨然一颗超新星
出现在毁灭的星座
（灰烬的碴子回来了
　　　　它不宽恕
　　　　　　　爱情和死亡）

暂时的遗嘱

平常地走下
　　　　阶梯
在那多不可数的茫茫漆黑
有时胸脯
捂住你的嘴 / 永远
眼神黯然
　　　　因为目视了太多

留在生命的深处
所有敞开的大门
认知之门和清醒的入口
恒久之门和极美的光口
留下一切
　　　　让可能做主

你是心灵动听的悬崖
没有清醒的针刺就无法征服

等待和爱的状态
（陌生女人 /
不安的 / 无法进入她们的沉默
是折磨的诗和美好的歌
为了逝去的时光 / 幸福的碎片）

在忧伤的目光中
我发现了爱经过的身体

你是心灵动听的悬崖

快跑

夜晚守望 / 清晨等待

在大海面前

                   人

放眼苍天凝视浪花

他知道

不会发生 / 任何事情 / 永远

来临的是夜 / 将有的是你的目光

而我们会无声地踏入

                   水波的垄沟

撕开灵魂与身体的接缝

三种没性情的方式

第一种

最为悲伤 / 要独自准备好

去死

以这样的方式大海卸载了自己的全部重负

没有言辞 / 卸在蓝色的盐中

射向恒久之咽喉的飞镖

中止

如此多的书中知识如此丰富

却没有任何适用 / 去拯救

直至最后一个词语 / 和最后一口气

一次

任何事情都能够发生

第二种

关节都松了 / 已扛不住压力

按照树叶的方式

入秋

当各种雨水有的色彩

无穷

当为你遮光的

只有寒冷

究竟向你说些什么

那位长着大天使翅膀的号手

竟然连他的召唤

也不能 / 从昏沉郁闷中

向着生命升起

第三种方式

是以被抛弃的观点

解脱得到了延缓

而锁链

　　　　　要留作不时之需

在宇宙中大地的生烟之处

这种方式你无所谓

倘若恋人将会离去

而她的声音

伴随你／依旧

PIATRĂ DE ÎNCERCARE,
1995

另一次黎明的骑行

尽管太阳的光沉甸甸地压着
从极远的高处
绿草阻断了露水
一如永远
我不能再说自己年轻

于是我说
致敬无意识的青春
它有着许多含义
那是无法度量的时光赋予

她打着赤脚朝我走来
无忧无虑的灿烂中尽显完美
金色的头发
亭亭玉立在无限的光芒中
——她为我而生
（如同降雪是为了大地的洁白无瑕）
承载着爱情的艰难沉重——

在一曲牧歌和持续的偏头疼中
在一个茂盛而难以理解的早晨
在一片末日般的绿地上我听到
纸片／树木的簌簌声响
大地的沸腾
飞禽食肉时的撕扯
对背叛的枪击声音

然而
让我走吧

趁着眼睛还能看见
膝盖和脚掌还能承受
沉郁的栅栏划伤
让我学会简单清晰地言说疼痛

这就是骰子

任何时候都不是被期待的那样 /

它们在底盘上转来转去

　　　　　　　发出阿拉伯数字的叮当响声

它们总是反向地落下

迟到的雨也是这样 /

雨成了水

只能灌满河流和大海让它们畅饮

足够

夜就这样 / 数学般精准

　　　　　　　　　远离

星星的升起

因为星星有落下的时分

你惊叹宇宙如何能够

以其伟大的定力

保持平衡

而你讲着 / 同样的事情 /

难道 / 是生活为了凡人为之

然而

　　　外面有时飘雪

有时就在这里

里面 / 与外面同样

一些人在学校学习生活的知识

另一些人忙碌他们悲苦的罪孽

其间（如同所期待的那样！）

　　　　什么都没有发生

壹的忧伤和孤独

假如没有的事情可能发生

其间

眼泪就会喷射

（由此结论：

腺体功能正常）

人的精华是语言
语言的精华是颂歌
（《奥义书》）
肉体的精华是骨骼
骨骼的精华是
恒久

关于所学知识的正确运用

在共同的坑穴中没有个体的生命
所有东西都有活的骨架逻辑
有力地锚定在巨大的毁灭
在未来的泥淖之中
去展翅飞越人类的泥草墙围

像绝望的影子重生
激情一片澎湃奔涌
于心灵 / 在木然的面颊
滚动着滔滔洪流 /
属于一个被分割的夜晚

有谁更清楚地了解
树叶如何安眠在冬天那厚厚的毯子里
行进在变成腐殖质
朝向人性的路上
意识因而 / 被追述 / 表达
通过一件刻板而又柔性的语词外套

然而
那些早晨降生的人
知道有多少光明在等待他们

那些做爱的人
有朝一日将会认出自己的孩子
那些注视森林的人
知道将用哪棵树
把十字架雕凿

那些迈向死亡的人
知道他们正在迈向死亡

在大洋岸边的忏悔

在群星中
倘若有一颗熄灭
　　　　会有一百颗代替出现
同样活跃并不为人知

在经常的绝望场上
倘若每天都落下
　　　　断头台的铡刀
那么人们知道
　　　世界将一往前行
而天上的雨水会更加神圣
（它们总在把断头台冲洗）

倘若错过了 / 呼吸
错过了心灵 / 生命
错过了阿利盖利①的九重天
几人还会脱帽致敬

像一座悲痛的城堡
我发现自己的灵魂
还有同样的黑色思想
　　　　　在我的血脉中穿行
这还不是全部 / 没有失去
在那些降临的夜晚
让飘落的雪花把我们掩埋
直道一切变成白色 / 纯洁 /
　　　　　　　　无菌

① 指意大利诗人阿利盖利·但丁（Alighieri Dante，1265—1321）。

活着吧，因为你别无选择。徒然的情感像一条彗尾把你追随，越来越密，越来越重。活着吧，日复一日，没有你自己，没有分享，脱离心、身体和头脑，脱离灵魂。大脑只是一件老式家具。跟跄跌绊在日子的蒙蒙密实的毛毡里。没有罗盘的生活。没有精气。让一切对你都无关紧要。

无个性的生活

没有什么能把你呼唤
那些发生的故事 / 为你铺叙道来
以全部的漠然
如同出自陌生之口 /

倘若我们没有被强迫系上
纽扣和领扣 / 裤扣 / 靴带
望着凶猛人性
有些不够稳定的 / 目光
应当彻底改变 /
不再那般崇高 /
许多先生会失去妄自的尊大 /
事实为他们全面定义了精神轨迹

然而
我是今天还是明天死去无关紧要
因为我将在一个星期二死去
这确定无疑
带着被沉重挤压的胸脯还有
无尽的悲伤

我们所有人都是凡人

但并不是一件如此严重的事情

趁着我们还有眼泪

从清晨开始／在石头中间

也不为迟／你就是影子和大地

如同天空中有黑夜和白昼

于是在断头台前我们听着

在没有终结的生命中

头颅的落下

合葬的大坑把它们吞噬

那些有的和那些没有的

我们共同拥有一种命运

然而在没有死亡的生活中

我们又几人拥有命运（？）

今天的太阳依然如常地落下

就像在没有眼睛的时代

能够看到落下的常态／从洞穴里

当原生动物和变形虫都没有为自己发现／

准备好的海洋汤羹

当没有人／目的／反对的对象

去斗争

我们这些会死去的常人

观望／当发生的时候／

夕阳而已／

我以无个性的方式对待生活

（我肯定）／死亡对我又将是极有个性的事情／

不知道我们早晨是否将会起来
不知道中午我们是否 / 将会吃到什么
不知道心爱的女友什么时候会离开我们
不知道
　　　时钟将在何时戛然停摆

不知道那叶舟船是否足够宽大
还有那只鸽子将在何时到来
总而言之
无可知晓
　　　或不论怎样 / 任何都不确定

这也包括
最后的审判能有几分公正
　　　虽说那里 / 在上天

大洪水之后

在冰冷的光下
站立着语词
一柄锋利的刀剑
是活的法律符号

那里迷失的 /
（是无人 / 是生活遗失
            在一个角落的那人）
陷入无穷沉思的场域
我看着大千世界如同观察一片古老树皮
在
            点燃的油灯上方
是漠然之星
噢！上帝 / 不要管
这里
    在所有日子的尽头
    在帆船
            扬着百孔千疮的风帆的地方
    疲劳地
        载着你的蠢货们
    撞碎在岸边的岩石
我想弄明白

眼泪落在陌生的节奏中
在沙子充满信心的面颊上
在夜的迟晚抚摸下
此时白天
            还远 / 在身后
而黎明
    仍是一个幻想的 / 不定的机缘

同岩石的较量

47

我的所知

每天早晨起来的我

用头倒立

为了同（从五层楼开始的）大地

建立更好的关系

或许仍有相当时间的我

将会完成这个乐观的仪式

我看到自己的局限和双膝

如同一次震撼

当空无的启示

不让你去回应挑战

因为有谁？（从你那里）又需要什么？

在心灵允许我的岁月

让我而不是另外的人

随着如水流光

带着自己的爱情 / 神圣的十字架

穿越那些漂移的沙漠

经历雨雪和漫无边际的忧伤

我写的 / 但又是反对我的诗

留作见证

一天早晨

献给伟大的画家
迪米特里耶·伽弗里雷安[1]

人在冬日

有何相干／假若我们今天或明天死去
假若我们的生命之树长大抑或消失
当心返回到痛苦的暗淡衣装
赞颂着爱西丝神[2]／死得惨不忍睹
飞鸟把格斗的视网膜啄食

然而／需要有一个穿行的地方
一位知晓岩洞的向导
一种冰川形态的病毒
无论如何／需要
我们用重氢来填充肺叶
还有思想的森林／惊呆在
野兽的目光

这片最后的叶子
（然而这也并非——据说——可以确信）
从肩膀强劲地发芽
长大并遮蔽着永恒
唯一的永恒／来自左肩

摩西的拐杖
在死亡之雪上划出白色轨迹
（如今他把它交给我们／满怀忧伤）
留在白色里的痕迹／活的痕迹
很快就会被雪填塞
直到

① 迪米特里耶·伽弗里雷安
（Dimitrie Gavrilean, 1942— ），
罗马尼亚画家。

② 爱西丝神（Isis），古埃及
神话中司婚姻、农业的女神。

那棵大树接地
     连天
在不会再来的未来

在一道明亮 / 被冻僵的光线中
那些现时的和曾经的人们
会醒来 / 会直面相视
无际的海洋将充满眼泪
然而
有何相干
当苍穹上升起的
一位天使（全般地）注视
向人间寒冷的沉落
（那里有房舍 / 有众人
——是帝国存在的地方——
那里
发生着不同运动
打开窗户 / 敲响屋门
积雪被踩踏
树木被拖拽 /
     到深渊
离题的话是关于各种主题 /
        禁忌
可以探索形而上学的
一两个奥秘 / 深入虚无的海洋
可以拉紧绳索并齐射需要的枪炮
我们所有人应当思考
——这里发生着什么——
我们应当相信
所有这些 / 在导致什么）

试金石

1. 荒废的公园 / 九月
一个混浊的黄昏与心相伴
太阳——旧日的记忆
童年 / 在生命中晚近的小街上
寻找我们
有这么多的含义 / 信号 / 大天使
濒临死亡
你 / 一滴眼泪穿透着
围墙
害羞的嘴聆听着时间
那屈辱的节奏

那里 / 从木头上升起的 / 是灵魂
仅仅在允许的程度
幽暗的和谐 / 在季节的
街巷上 / 你显得面目惨白
再次别离的痛苦
张开你的双臂 / 去拥抱你还来得及
拥抱的人
那些钉子 / 它们的位置 / 没有改变
稳固的 / 还有野草的磨蚀
用脚掌 / 用膝盖 / 用肩膀

2. 在痛苦中 / 我如何让自己
被攻占 / 这样仁义
这样两足站立和姗姗来迟
甚至与苍白 / 一起
假如我请求原谅
        向我惹恼的 / 使伤心的人

或是呼唤

那么这也是一种状态

    我们称其为一种仁义的举动

不论怎样／你可以惊奇

你发现从脚掌到额头和胸脯

一条面向凡人的流血大道

（非同一般的是有这些手

在相互寻找）

任何都不会返回

无论在牢狱或是出于爱情

肯定有一件事情

我永远不会去做

还有其他的事情处在

不倦的思考当中

——会有一天早晨

        将不属于我——

3.（肯定有重要的事实

和带着咸味眼泪的吻

有不眠的夜晚

当你身穿牧羊人的皮袄

看到自己全部的生命

如同一个故事／铺叙开来

带着夜间苦楚的快乐和幸福

那时有深坑凹穴滋养了忧伤）

我准备好了／遗憾的心情占据着我

钳住了我的前额骨

它开启了大门／在夜的小树林

我发现／不是为我

倘若你爱我／我被忘却

让你放弃痛苦／（厌烦

赤裸的国王／在你面前铺开）

他要星星消失要心沉默

要河流停住自己的波浪要风停止喘气

剩下是孤寂的灵魂和你的祈祷：

上帝保佑那些孤独的人

仿佛我们相识已久
我们知道彼此的整个生命 / 悬挂在
命运的细线上
顶着阴沉的天空

仿佛一切都有可能
你的手 / 无意义地 / 寻找一个肩头
摸索到一个扳机（像一个女人的
膝盖）
不论你多么用力去扣
也不会发射开火

会出现怎样情况 / 从早到晚 /
倘若我们的行走 / 用脚掌或踮着脚尖 /
在灰尘中不再留下足迹
耳朵 / 那些听话的 / 也同样无痕
不再猜想爱情的悄然脚步
踏向心灵的时候
而慷慨大度的你 / 就像所有女人
应该的那样 /
你可以在天空读到那颗星的冰冷之路
在它显示遥远的时候
是第几次 / 让我弄懂？/

仿佛……

世界末日的入口

四周是一片漆黑
上面是黑
　　　　　总也是黑
糊状的黑
　　　　　进入你的口 / 耳
撞击你的眼睛
你不知道还能在什么方向
　　　　　活动
一种如铁的黑暗
　　　　　落在心上落入头脑
有时我们彼此碰到 / 我们握手
　　　　　同一个人 / 同另一个人
然而冰冷的铡刀
　　　　　切断了
这个开始
黑暗 / 总是黑暗
　　　　　仅此而已
所有之处
在心灵 / 在头脑
在大地
（黑暗叠加着黑暗）

小故事

在一个秋天的迟晚中午

我会注视你踏在落叶小路的脚步

你沉稳地向上攀登

群山会疲倦 / 满是锈痕

蓝色将是河流的整个深渊

而你的秀发被映现在当中

如同被闪电 / 击中 / 我的身体要向一边倾倒

只能看到你的脚踝

是如何走过

幻想着越过胸脯

从后背看你的身影会更加坦诚

鼻子微微翘起而目光

        陷入茫然

（朝着云雾笼罩的高度）

用自由的双手

        划动在温煦的天空

落得形单影只

        被遗忘在某处 / 在黄昏中

你行走着 / 在荒凉中

        不紧不慢，始终向前

此时此刻

秋天 / 沉甸甸 / 落在我的身上

        钟声遍撒着血色残阳

一天早晨

共同的洞穴

1.

劳驾您
一股脑儿地挖吧
直到我的肋骨折断
直到天空变得湛蓝

我犯过无数的错误
在零当中我刚刚能够呼吸
对这种存在我感到恐惧
纠结
于荣耀的绿色灰烬 / 如果去闻
我只能闻到死亡

真实的人发现了嘲弄

2.

迷失在一个长长的走廊
我领略了世界的面貌
在唯一之后
接续而来的是
恍惚 / 我就这样望着花朵倒下
把它们毁灭
我不相信灵魂的记忆

尸体散发出香气 / 自我的丧失
我向后转回目光
向后
生育幻影的母亲
弗洛伊德式的新鲜和饥饿的伤口

呃，正是！太阳
什么都不意味苦难

3.

陌生的衬衣
陌生的房间墙壁和床
还有那些吃铁的机器
这些手指不再属于我
在行动中的这种组成
              不再是我
那个普通的人潜行于街巷
周围矗立着
高高的异化棱堡

4.

你在观望，你在参与
那些高难动作
可怕而又无名
如同子弹
如同落入水中的石块
如同一个个黑夜和白昼

如同生命

泥土的国王
用自由的双手
血在流淌
红色
像海水 / 在海峡 / 辉映着夕阳
你们不要消失 / 劳驾 / 确信 / 信心
                                    坚定
因为我还有某种摆脱之道
我要准确地走在
                  可以通行的跳板
于是！无论如何也要走在可以的地方

5.

……做你想做的
但是做你想做的
                  不要抱怨
如果你知道
      如果你有能力
即便是没有希望
也去做一切吧
就如同出自利维坦①的胃腹

---

① 利维坦（Leviathan），《圣经》中描写的海中怪兽。

6.

我的名字无法喊出
我的名字是大写的无人

我在呼喊，在喊在哭
我呼喊着在灵魂中搅动
痛苦的匕首
来自彻底的死亡
拯救我的也是死亡 / 踏着死亡
在我的肩头 / 在后颈

7.

告别灵魂
是的！告别
切下颌骨 / 自杀的昆虫
是的！告别
词语
在冒险中
就这样
造物主来了
开始落叶
让物质失去童贞
在寒冷的地层中开辟雪道
种子发芽
在断头台的沙漏里

8.

时间担心流逝
石头担心死亡
女友担心哭泣
骨头为我保留记忆

9.

——广阔空间的旅行者们——
对分解的幸福的认知者们
拥有 / 你们没有发现 /
自由的向导
像光线一样独立

他们是根
是希望的土地
共同洞穴的居民

我带着尊严注视着面前的一门炮
　　　　它的眼睛深邃和烟黑
我听到它的声音隆隆
发自没有炮身的周长
　　　　只有灰烬

我们相依共生 /
在炮架上搭歇着一只脚
赤裸 / 沾满鲜血
就这样
我放弃了美德和罪孽
我们彼此绝对需要

有些门我永远都无法打开
有些地方即便思想 / 即便脚步 /
　　　　　　也不会穿越
有些梦想 / 在出生前就已经死亡

母亲
　　　将会充满担忧
我的兄弟已经不在
——你们这些天使要关心
　　　　众多而沉重的痛苦
人类的苦难折磨着
　　　他的身体 / 残酷的时光——

不论多少人都像我一样
在满是棘刺的光中
当太阳刚刚能够望到我们
它不知道也根本不要知道
有多少已经为它准备

像我一样的芸芸众生
盲人般走在泥泞的沼泽 / 淋着
不停的雨
在晨曦自然而生的雾中
它寻找着自己的路 / 数着光阴

我知道
等待不能产生任何东西
希望也不能赋予权利
然而温良 /

门

能够原谅而且不止一次

在所有之上出现的总是冷漠
锈蚀在心灵的印迹斑斑
如同一只追寻燃点的火把
在万物当中留下信仰

多么简单 / 永远也不再爱我
让我们作为两个生物走上柏油路 / 在中午
在一片无动于衷的光下 / 在四月的末尾
像疯狂的青草和树叶
让我去问
　　　这悬崖属于谁
从四面八方展开的悬崖
像黑洞一样宽阔和忧伤 /
隐形而又无处不在
（我们内心的深渊）

是谁的骨头被串列起来 / 在那里 /
在深处
　　　　刚刚被照亮
雨水和像书一样聪明的风
　　　　为它们上光
所剩仅此少许 / 我们会这样说给对方

多么简单如果我们离开
　　　　　　　爱情
像两个过客
形影孤单
面对的那个人不再会 /
　　　　　耸肩
（这应当是一个证明！）

你等一下 / 用钻了孔的双手
　　　（你在那儿注视过天空和云雾 /
　　　　　　你注视过未来）

丢失在柏油路的诗

为了发现
　　　　盲目偶然事件游戏的出口
去谦卑地踏进阴影的温顺 / 残酷原野
那时有谁不会说：
　　　　爱情你为何把我召唤？
　　　　你穿越生命的脚步
　　　　　　　又为何把我眷顾？

DE DRAGOSTE ȘI MOARTE,
1996

爱情与死亡

你们，充满魔力的天鹅
陶醉在吻中。

——F. 荷尔德林

爱情与死亡

致敬左右的老妇
致敬光 / 在黎明 / 清晨
夜的面孔 / 同样 / 致敬
不要仇视
活着让你更加神采奕奕 /
微笑更多地帮助
草的生长

身后的背包显得精神
肩上的枪
你的路途
有时短近 / 有时开阔恐怖
如同生活 / 在地上在水中在云端
在龙的脊背

你在草的头顶踏步
不论冬夏 / 不论雨雪
你在尽自己的义务
向左向右致敬
爱人和母亲 / 语词和死神
你更加急促地屏住呼吸
去看从什么地方会来暴风雨
——心爱的他 / 咚咚的脚步 / 骏马

一切都到来了 / 如同一只老虎

气势威武 / 知晓那些艰难
光亮闪耀 / 像一座高炉
把钢水倾洒
　　　在现实的
　　　　　　斜顶

爪子在脊背上描绘
超现实的整个符号
——在我身上无不悲惨——

为启迪思想天赐的禀赋
恰如月亮 / 会被冒犯
——这样被去空意义
圣徒和小丑的生命
你的生命 /
如同悬崖峭壁 / 充满危险
紧迫而无疑
然而太阳清晨升起 / 照样 /
照样雄威和美好
像一名排长 / 在下令的时候 /
向着面前的胸膛
开火！

在水泥般的面庞上没有任何怜悯
任何全无
露出你整齐的门齿
和虚假的价值
让整齐排列的叉子 /
把你接待

在绝望中或是缺少绝望
在幸福中或是缺少幸福
——为自己发现一位完全相同的女友

星星能是 / 多大
同样的 / 坚定的 / 在死亡

爱情是一只小蝎子
她用嘴前行
在麻痹最后一只警惕的眼睛之前
就这样有些冷酷无情
田野的花朵等待开放
（对称性——据说——经常是华美的）
月球的贝壳 / 在赤裸的身体上面 /
柔软 / 皮肤弹性 / 活泼的）
能够等待什么
天上嗜睡的轮船 / 以它为首
你可以发现 / 承诺死亡的甜美
不过不仅这样

一朵光的荷花
像一只渴望泉水的木桶
带来凉爽和宁静
为了人的苦难
在纯粹兽性的辉煌中

——就这样我们相互牵扯着
年年岁岁——
我们爱着

确信没有什么能够把我们拯救
我们想着直到完全的疲惫
我们要求右和左 /
白和黑 / 阿尔法和欧米伽

——神话中的人身牛头怪物翻滚着
断了自由的缰绳——

如同你要打开一扇门 /
而不找任何人
如同你要突破一堵墙
而不爱那深渊
我把所有的东西拉近自己
用需要的全部冷静和绝望

我听着晚间祈祷并说 /
没有任何特别的事情发生

光阴的轮车

我听到身后 / 滚动在方石路上
车的轮子
我听到光阴的轮车从后面涌来 /
越来越近
它们向你展示着熟悉的爱情低语
对永恒的永久欺骗
在第九个时辰
你温柔伫立 / 把那个时刻等待

天空的繁星 / 明亮而忧伤
我在凉气袭人的夜里听着宁静
冷的利爪没有任何帮助
那些大书 / 智慧的书
在这个时候 / 心
　　　　　更加的荒寂
——人们辛劳受苦为了终结
以成就苦难——
黑衣的寡妇需要陪伴
用理智 / 寒冷和行星的光
清晨的匕首 / 碎解着轮子

痛苦是堡垒
圣餐盒的支架 / 家的整个院落
灵魂的家
被粉末般的肉居住
像草
　　像不能去爱的草

后来 /
　　是叶子的白色天堂

永远……

永远／向前一步
更自由地去注视生活／少些令人焦虑的
不安
向前一步
永远有人要死亡
要生育／要安息
永远有人在准备开枪／

向前一步
你会发现野草的头顶
风暴的灵魂
石头饥渴的嘴
不倦的哭泣

永远
手在寻找着手

我的鬓发越来越白
夜夜 / 日日 / 悠悠流转

我的头脑在今天早晨非常清醒 /
在宁静和孤独中
我端着忧郁的武器

关于人

歌唱天怒的女神来了
经过生命的明亮荒漠
经过夜的沙丘和岩石
带着装满担忧的育儿袋并且叹息
怀抱着痛苦的早产儿
向我轻声诉说着细腻的话语

被生命与死亡的内在节奏抓住
如同宇宙大爆炸一般
如同朝着红色的恒定奔跑
像一个脊椎和肉的类量体那样
在活的物质灵魂中搏动

愕然的……

愕然的是你早晨起来
（知道队伍在等待你的命令）
可是
走出营帐的时候你却看不到任何人
再一次被遗弃／被叛离
你骑上马
　　　　　独自
手执刀剑
冲向不断增多的敌军

早晨
明亮而充满寒意
自由的天空
满是荒草和露水的田野
群山对光彩不动声色
繁星已经准备下雪
胸膛充满了芳香
战马永远狂奔

从远处可以听见
雄鸡高亢的啼鸣

一天早晨   76

感
怀
的
ARTA NOSTALGIEI, 艺
1997 术

她的胸脯为春天含苞欲放
他们多么年轻
　　　　还没有
被冰冷的嘴唇和眼泪吻过
在湍急的河流
　　　　将留下怎样的不同
来自叶子的幸福拥抱
　　　　在宁静的水晶般眼中

洁白——额头的蜡烛
　　　　跟随着月亮
（属于沉默的）灰色簌簌声响
割断着雨的水滴
它们稀少而满不在乎
　　　　照着时光的镜子

白色的风景诗

宇宙时

在悲惨的时刻会有一种空无来临
这是一种大地和寒冷的空无
你将把它抱在怀中

在一个恒星的天体爱情中
那些小的将变得更小
那些大的则会更大
在一种生命的自然会合中
我将升华
我们的灵魂奔向天空

然而这是什么物质
向我吼叫
从那七大天使的号角
从何样的白色深渊 / 爆炸般
向我冲来
越过乳白色的道路
像一头豹子 / 用爪子扑向星球的主动脉

从何而来的如此平和
同他它或许有的永恒
把它持久的星球性铺展在
　　　　时间面庞
如一幅影像不可预测
　　　　定格 / 在视网膜

我不是 / 而时间
如同带着我的影子
在如此多的形式中
最为痛苦

一天早晨

我不是

照亮沙粒和刺刀的太阳

不管怎样 / 无瑕

皎洁的月亮

展现出自己 / 皇冠的变化

是忧伤地带的小枞树

来自峡湾

贪吃的大肚汉 / 应当承认

　　　　一枝细小的茉莉花

　　　　插在心灵的耳朵上

（被阉割的公牛 / 为了重负

芸芸众生）

我该如何懂得身躯

十字架的背负体

摩西五经和心的颤抖

与内心死亡的抗争

去年白雪①的灰烬

落在失衡的肩头

痛苦不堪

围墙 / 鱼作为先知们的保护地

光滑的美丽

正是向宇宙时倾吐的心愿

① 出自法国中世纪诗人维庸（François Villon，约 1431—1474）的诗句"去年白雪，而今安在"（Mais où sont neiges d'antan.）。

没有

没有比诗人更虚假的生物
当他说 / 我爱你 / 不要信他
他的头脑里早已接上了
比这神圣的表白
更为重要的别的诗句 / 你要有数
（有些奇怪 / 的确 / 又出自一个
尚且自尊的诗人之口）
他永远也不该被相信
他连对自己都不能够
爱
在自己的梦中
他没有信心和希望
他在诗歌中把它们蒙骗
把它们赶尽杀绝
以此使生活对自己
更加舒适和安逸
他愿意并且经常充当
　　　　　　一个唤醒者 /
唤醒他人 / 唤醒那些
　　　　　　准备相信他的人
当他喊着：我痛 /
我的整个心灵满是创伤
千万别信他 / 劳驾啦 /
那是弥天大谎 / 有据为证
心灵早弃他许久 /
他的自我已似烟消云散
与田间的野草融为一体
但也别忘记 /
他从不掩饰自己的癫狂 /
他明明白白并撒谎

一天早晨

杀人的诗

轻轻地捻搓 / 在灰色的
　　　　　天体胸前
它诞生曙光
一个没有太阳的早晨
拖着残废的双腿
奔向 / 朝我扑来
——用沉重的锄头和铁锹 /
　　　　从墙围上刮去我的影子
用镐头的为自己开辟 / 小路
　　　　从我穿经
那人像害怕死亡一样恐惧
听不见的 / 细小声音
旗帜 / 在打了败仗的战场上
太多的死亡涌向了 /
　　　　　可怜的人
所有的都要实现自己的意义
用推土机的冷漠踩踏
为着所有灵魂像一缕青烟
向高处寻找自己的路
啊！可怜的疲倦身体 / 仍在
同空旷进行无尽的搏斗

在两个世界之间［中阴①］

在人生悲惨的小路上
　　　　　　　摔滚之后
你面前总在升起
　　　　　　现实的灿烂光芒
强烈耀眼

所有的思想／旧的／甚至被忘却的
　　　　　　　连同那些新的一起
如同被置于手术台
给你把它们照亮／展示
它们将令人恐惧地出现／
　　　　　　　　无法回避
比任何时候都更鲜活更真实
一切都与你陌生并把你／
　　　　　　　　愤怒声讨
因／为什么你让它们产生

它们无动于衷／带着敌意
　　　　　　虚伪和冷漠地把你折磨
缠磨着你又把你遗忘
它们在你之外
你被孤独和不幸所抛弃／
所笼罩
像一朵花被丢弃在雪堆
在绝望中／面对净化的恐怖
只身于孤独的海洋

以赤裸裸的自由／
　　　　　无障碍地

① 在西藏佛教中，"中阴"
（Bar-do）通常指在死亡和转
世之间的中间状态。

一天早晨

无方向地

准备好向地狱般的原野飘落

向着至高无上的帝与人肉的味

相遇的十字架

你所处的地方

远离这里的世界

在想象与幻觉中间

被慑服 / 被背叛得直至粉末 /

                    被战胜

留给你的只有复活

光荣在那里把你等候

带着火焰般的刀剑

            指向世界

総有雨水冲刷断头台

ÎNTOTDEAUNA PLOAIA SPALĂ EȘAFODUL,

1997

啊是的 / 有时 / 人做所有的事情都会
　　　　　　　　　　　　兴致盎然
当我想到我的十八岁韶华
　　　　　　　那时我是一只狼 / 欢快无比
一切事情我都想做

在我的十八岁韶华
心爱的女友俨然是一种好运
我固执地以为所有事情都有意义
一定的 / 都充满内容

啊是的 / 吻是一种秘密
心爱的女友可以将它解码
现在当所有这些我已知晓
于我却没有（任何）用处
清晨照样出现
现在也像当初 / 明亮

然而你要继续兴致盎然
　　　　　　　　对她讲着 / 所有一切
就这样回到
　　　　　我的十八岁韶华

啊是的、有时、人做所有的事情

开枪吧

开枪吧先生们 / 开枪

按住扳机

不要等我变成一只幽灵

一片阴影 / 世界历史中的一个污点

快趁我活着和清醒的时候开枪

我的先生们我正是为此而生：

武器 / 石头般坚硬的武器 / 为此

一齐开火 / 眼泪和落叶

完好的躯体

世界上所有的子弹都射出了

最后剩下的只有词语

与心死的抗争

一个没有谎言的世界 / 一种平行的生活
当独自置身于半人半马的怪物中间
我还没有学过武功
我的胸上固定了马蹄铁 / 数量是
我的身体见证过的几种感情

钉子 / 铁丝网是需要的
星星 / 云朵总在接连飘过
然而 / 在变化的事物当中
        任何东西也不要改变（？）

奥德修斯①站在海上想着珀涅罗珀②
而她（忠贞不移地）编织着时光之网
关于任何东西 / 任何人也没有太清晰的消息
即便是关于从焦虑和痛苦中蔓生的
        荒草的傲慢

心在你的身体里跳动
太阳在天空沿着自己的轨道运行
你的爱是一艘船
        脉动得越来越慢

霜雪聚落在了额头
纯洁的心灵需要清风
带着明亮的耳语 / 清晨
你总处在遥远

天体在它们的飞行中相互追逐
被隐藏的力量激烈吸引

① 奥德修斯（Ulise），古希腊神话中的英雄，对应罗马神话中的尤利西斯，史诗《奥德赛》的主角。

② 珀涅罗珀（Penelopa），古希腊神话中奥德修斯忠贞的妻子。

91

它们掌握着平衡并向混沌赋予意义
服从于重力 / 被浮动的嘴
吸收 / 爱情发出自己的
不死的原子 / 给心灵

通向断头台的路

苍茫天地受到翅膀的惊吓
惧怕于无缘无由辽阔的漠然 /
像物质本身
数千年绵延不断 /
细丝般的沙子流入宇宙的沙漏 /

苍茫天地如同一只饥饿的母狼 /
贪婪于时间和无限的空间
把我一直追赶到安抚的手臂
但并非任何——
直到自杀者和殉爱者的
　　　　　岛屿

我不让有鉴赏能力的心灵悲伤
微笑顺从
我不打开被拉拽的大门
我不打开空白赤裸的心
——为了所有留给我了无比折磨的压力——
荒野的深红色榨机

谁能爱上一具尸体 / 像爱自己的鲜血
——你们听那异教徒的礼拜——
谁在砍头的时候报以一丝
冷笑
当苍茫天地把你拧在上帝的
肋骨
谁在它离去的时候不全部
搬移
去到深处认识石英的薄层

我不是一座迷宫 / 一声呼喊
我是影子
　　　　你们关灯

现在
　　　　　倘若所有的事情发生
被水扑泻的轮船
懒洋洋的嘴
沮丧的两眼
尖牙利齿的太阳 / 慵懒的鱼塘在闪亮

不论怎样
　　　　我们总应当活着
　　　　我们总应当抓住
　　　　用牙齿
　　　　抓住这些纤弱 / 没有缺陷
　　　　徒然的光箭
　　　　被物质的沉默音乐
　　　　毒化
我们应当逐个粒子地放射
能量和
　　　　绝望

在大洋的岸边 / 我 / 最悲伤的（鹈鹕）
痛惜家园和腿脚 /
一颗一粒地散播
泪水叠掩着泪水 / 残酷地
让眼眶干涸

插入大脑 / 记忆在动
通过心灵的脑膜
用冻僵的手指摸索

我怎么能不认识那地方
鲜血在那里不断流淌 / 似渴地
直到空干
我怎么能不认识那白色的头顶
是鲸鱼的
我怎么能认不出自己
借着夜晚鼓起的放大镜
——在冷冰冰的苦难铠甲中——
各种感觉在折断

被喷射的 / 红色的分子 / 标点出
通向断头台的路
然而倒下 / 剪去肚脐
对于嘲弄不存在边际
当身着徒劳无用的有毒衣服

用气体焊接的可怕喷射
引起发炎的胸脯 / 你可以发现
无限

从这个高度
（想象的）
可以望见月亮在完全的
自由状态
如同一个人想把他的

全部重量依挂在
绞索套里

相对的／像非人能有的光速
我将同时控制
          时间的刻度
在彻底的意识丧失中

我被死神之手钳住
如同石块一样重要／它来自
鲜血渗入的方石路

在疯狂的高层
的确
有一声吼叫连接着大脑和舌头

一首诗有什么意义
　　　　　　如果不能惊吓任何人
堆砌的语词有什么意义
　　　　　　尽管排成庄严的行列
当从任何地方都不能回响
　　　　　枪声
又有怎样形而上学的战栗能够诞生
　　　从一堆合乎礼仪的话语
　　　　／ 既不热也不冷 ／
　　　正好可以扔进壕沟 ／ 路边的排水
　　　　　被恐怖的遗忘

涅墨西斯①女神你来吧 ／ 来度量
还有什么不清楚的东西留在心里
你冷漠地观望 ／ 没有动怒
脚步是如何断断续续
我们又如何从（过多）悲伤的怀里
　　　　　干净地取出
忧郁
（清晰的 ／ 像一台调试好的计算机）

烦躁 ／ 猛烈的拉网
肿胀的眼睛之网
　　　　　　按照星星的方向摸索
从睡眠转向非睡眠
（难道是）众人的渔夫

我等待着
　　　　直到它来 ／ 像一架断头台

一首诗有什么意义

① 涅墨西斯（Nemesis），古希腊神话中的复仇女神。

折断 / 告别夜色

曙光降临

第一支箭 /

留恋不会与任何人和解

尽管它沉重地 / 压着我们的前胸和内心

伤寒在大脑里研磨着不无悲伤

现在

当秋天扔到面前

树叶和枝杈 / 枯干的树木

给寒冷的 / 逝去的时光

（上帝！谁将在你的手臂里发现

归宿

当心灵 / 痛苦地 / 把你寻觅 / 依旧）

朝着断头台 / 脚步迈动着
唱起童年的记忆

断头台
刚刚安好销钉
带着饥渴的木板
它在升起 / 把众人藐视
脚步跃起 / 去赞颂荣耀

总有雨水冲刷断头台

朝着断头台

时光带着讥讽的微笑飞逝

CLIPA ZBOARĂ C-UN ZÎMBET IRONIC,

1999

每
天
的
伤
感

假如世界上所有的东西
　　　　　/ 用敌意把我包围
一只冰冷的眼光朝我盯着
那是北极严冬的过错
而鲜血在我身体里完全错乱

假如胸中
　　　　　风暴和记忆给伤感戴上锁链
那么在天上 / 闪现着
　　　　　一张肿胀和吃饱的面孔

有什么假如

　　　　　愚蠢地要和兄弟住在一个小站
　　　　　你要付出整个性命的代价
　　　　　你知道命赴黄泉的时候 / 那天
　　　　　已经临近
　　　　　你对任何人都不在意
　　　　　痛苦只属于自己

你虔诚地望着天际
　　　　　望着那些铁轨
你看到野兽 / 轮子 / 齿轮的湍流
正在扑来

有什么假如我们如此独处
　　　　　在荒凉的小站
我们两人
　　　　　还有兄弟的手足之情
沐浴春天深沉的阳光
命运又能读懂谁人

手拉手

　　　自由 / 没有恐惧而且年轻 /

　　　　　　　　我们走过

经过一座温和的

　　　带着尖顶的城堡

那里 / 钟声敲响

　　　　　祈祷的召唤

剩下的思念

在灵魂在内心满满的

你身处如此遥远

如同天空的星球

只有钟声还在敲响

　　　回荡尖顶

　　　　　　守护着这般多的其他故事

你忘记了我

　　　已经不再知道我曾存在

而你的手

　　　曾抚摸过我的面颊和额头

噢是的 /

　　　你和青春

　　　　　都只是些幻影

手拉手

五分钟我是狗

五分钟我是狗
五分钟我是狮子
五分钟我是翅膀
五分钟我是死人

一秒钟我望着手稿
一秒钟我爱着非人性
一秒钟我忘记诗
一秒钟我掐死精神

五分钟 / 一秒钟 / 一夜
普通的时间碎片
它们无动于衷 / 在空间里平等
却是灵魂和身体的坑洼

啊！／你们这些不锈钢做的刀／
究竟要把谁刺透
在暗淡的光里
又有谁在傍晚的落日时分
会从话语中抖落出一个饥饿的
字母
它费尽了心耗干了痛
伏在春天那冰凉的腿肚
当嫩芽在面颊上绽开
如此这般的生命

桥

现在
我们将慢慢地长久相爱
一道水岸是白
一道水岸是黑
而寒冷无处不在

有着／一种挥霍／属于永恒
当你们用忘却的双肘支撑着
我们开着玩笑／两眼满是泪花
对流淌的时光毫不理会
一个一个地彼此劫掠

在立柱中间／虚无有着自己的家
孤独／只有落日余晖／像一架断头台
在绿色和高耸的巅峰

为了我们／爱又留下
它要教我们如何

一砖一瓦 /
　　　　　一柱一门
从拱窗到拱廊
建造那座桥去连接
　　　　　白与黑

审问

一个诗人能做什么
写诗
把诗句不均等地码在一张纸上
（的确 / 他做的这些事 /
对于人生来说 / 没有太多意义）

一个郁闷的诗人在一个郁闷的国度
还有什么能比这更为郁闷
                        我问你们？

在生猛的诗篇
在那些来自星球界的离散目光
在它们当中你将发现
（批评家沉默忽略的所有东西）
如同让头颅在木墩上沉睡
而栖身于胸的心
                又是多么的宽广

是啊！一个诗人
带着一支语词的大军
陌生 / 充满敌意 / 过于放纵
                和迟缓 / 败落于玩忽职守 /
他能何为 / 不能何为

一天早晨

在落满乌鸦的树上
　　　只有冬天 / 从裸露的枝杈
夜来了 /
　　　雾来了
我被抛弃 / 独自一人
外面的大雪飘到了天边
　　　心里尽是寒冷

我沉浸在自己的忧郁和痛苦
在那些味道
　　　从所有活动的东西中产生了
可怜的动物
用精疲力竭的双肩
我承受着一种金属般的重负
　　　它压在我的胸口

瞧 / 你始终保持着平衡
你要活着并且平稳
　　　在痛苦和死亡之中
你听着不同声音和意见
用一个总是疲惫的心灵
它充满变形的幻影

我像一台机器
　　　寿命不想再把它忍受
我被带入了各种琐事的搅拌机
　　　响声一片轰隆
还有那些固定的人为障碍
　　　它们喜欢自己的 / 常数 / 惯性

你要活着并且平稳

我腻烦了那些

      常态 / 对我的攻击

腻烦了众人 / 各种东西

      数不清的关照担心

我有生命

是为了吞食灰烬

      晚上 / 中午和清晨

在漫漫长夜

享受一种圣化的惩罚

黄昏里 / 云霞和鲜血混杂着入侵
哈！棉织的义乳和小丑的假胸
不可调和的是心

脸上淌着露珠
　　　　　汇入无名的河流
哭泣河谷的黑水
　　　　　　　出现堵塞

群鸟飞过 / 奇怪的低语 /
　　　　　上坡 / 下坡
越过遥远危险的地方 / 越过宫殿
眼睛噙着泪水
　　　　　　翅膀降着半旗
这里并没有下雨

绿色 / 风暴般的是草 /
家
　　　　　我破土而出
　　　　　　　　用骆驼的前胸 /
还有大脑浸透着永恒的
怜悯之灰
　　　　　我知道所有的道路 /
　　　　　　　　生命的意义也会认识
我消失在森林 / 寻找着
更加清明的境况 / 光的场域

手的全部
　　　　　垂下 / 任你欣赏

头脑的眼

夜的牧场落入头脑的眼

闪烁着 / 充满了水和压实的沙子

我是空虚的微笑

               我打开门 / 我打开心

行进的是无数影子

手被固定在圆锯下

               被刺痛 / 被撕烂

情境如戏

             救星的手

我是会装配机器的人

我会装配机器
我会让它们运转
把它们组合起来
由若干螺栓 / 小的组件
　　　　大的部件

我会制作一个模架
浇注水泥
使用固定扳手
修理机器
　　　　像装配机器一样娴熟

我阅读了世界上的书籍
在能力所及的范围
因为时间不属于我
我看过如此多的电影
在条件允许的范围

我始终独立地去形成
自己的眼界
　　　　看法
我没有老师
　　　　只有生活

我会工作 / 会修理 / 会建造
会修正

我敢于去爱树叶

　　　　　大海

　　　　　　女人

我听说在世界上有些人
他们不会装配机器

一片微缩的海
　　　　淡水 / 透明
在秋天的阳光下平静如镜
一艘游艇穿过 / 正午时分
　　　　近乎空寂的粼粼水面
发出低微的响声

湖

它在湿润的和风中前行
　　　　一种孤独陪伴着另一种孤独
一片好似煤油的海
　　　　带着细碎的浪和闪烁的光

游艇在淡水湖面划开蓝色的尾波
　　　　岩石孤寂 / 贫瘠
屋舍层叠 / 建筑密集
在过于狭窄的水岸
　　　　山从那里耸起 / 峭立
轻雾把四面笼罩

高大的城市在倾覆
　　　　落入安静的水波

一座希腊风格的大讲堂
　　　　　在废墟中发出哀怨
它被遗忘在荒草丛 / 由于穷困
而那些乡间宅邸 / 光彩而夺目

僻静的 / 教堂
　　　　简单 / 朴实
　　　　　它来自拜占庭

（有斯拉夫人／排成方阵
　　　　身着古希腊人的衣装）
多么奇异和神圣
　　　　诗句回荡
　　　　　　在低矮的教堂圆顶下
白色而凉爽的围墙
　　　　等待用手触摸
礼拜仪式的座椅
　　　　还有一些山林水泽仙女的舞姿
平实／从上向下／进入黑暗

当你的心已经冷冻
你还能把谁去真爱
　　　　你把灵魂铺在托盘
用野兽的爪掌进入了我的思想
天阴暗了 / 这是第几次 / 让我
伤感和寂寞

原野冻了 / 一片寒冷
　　　　　　到处是雪 / 浓雾
面颊上露着枞树的抽穗季节
多少苦难还要留下 / 凝固在肉中
被废黜后
　　　　可以欣赏你的不幸
痛苦的鞭子无休无止
　　　　把不幸的生命抽打

长长的腿和丰满的胸脯
　　　　伴着野兽般的音乐起舞
为什么有这么多眼泪
　　　　而无任何恻隐之心

在披着白色的墓园
　　　　一只只蜡烛在平静燃烧
在晚霞留下的
　　　　红色的条纹下
在沉默中 /
　　　　只有脚步在严寒中吱吱作声

今天 / 明天将有一片撒哈拉来临

在沉默中

埋没膝盖和心
沙子将通过两眼／通过心灵进来
将落下如此多的打击和星星
咸咸的小水滴
　　　　　挂在胸前的花朵
在石膏手里
　　　　　在非静物中的自然画图

挂在钩子里的绳索
　　　　　　把地平线切断／
　　　　　　　　　　强迫
夜／满是电的亮点
　　　　　聚集成量子
在天空／星星在闪亮中死去

何处是身体／肉体／
　　　　　　　灰色的智慧

在高空

到处 / 移动着木然的云朵
隐约的道路和落雪的原野
猛烈的寒冷气流
整个温和的大地 / 锁在茫茫烟雾
已经准备降雨
太阳
充满遗憾 /
它有太多的不幸 /
它要再一次离开
这种组合的云 /
飞行机器 / 人群

怎样的念头挤压着前胸
由于忧伤和夜思已经衰老
——你！上帝宽恕所有的行为 /
所有的梦——
透过云层
从巨大的裂口发现地球 /
阴暗而无动于衷 /
布满了道路和房屋

云卷云舒的猛犸
好像受到了这些暗淡光亮的惊吓
它们像绵羊一样聚拢
在留下冰冻的石英晶体 /
岛屿愈加稀少 / 乳色的斑痕
争相展现着姿态 /
几何般的思想 / 工作 / 为有朝一日
从八方原野 / 把收成 / 集中

在数千米的高空 /
大地呈现在各种绿色和黑色 /
低矮的房屋星星点点
呜呼 / 多假的宁静及流溢的和谐
城市和村庄融为一体 / 美好排列
走进经常推迟的落日余晖

啊！辉煌 / 辉煌
那条永恒的河在九曲十八湾中
流淌出一条自己的路
它自己知道抵达的终点 /
和发源的地方

那些源泉此刻又在何处
为什么在炎热（严酷）的夏天
要把灵魂埋于冰川
为何会有稻草人
和如此荒寂的心

我们向前飞行 / 河流不能阻挡我们
空中为我们送来一阵寒冷 /
我们就将在这里死去 /

大地披上了蓝的印色
黄昏只是一片虚影
我会找到需要的幻象 / 你们告诉我
漫长的时间我将在迷失的
　　　　　　　　　　　空中

大地上已是忧伤来临的钟点

它面色黯淡／然而纯净

夜色越来越深／

没有人会对我们说：

　　　　　——我们在空中／在地面

　　　　　　　　　不在任何地方

已是忧伤降临的钟点／

它空着两手

　　　　　沉重的眼泪落在面颊

那悲凉的小站在哪儿

我要去到那里

不再知道任何事情／包括所有

每天每日向我的发问

当夜晚滑落在你的双肩

像一架铡刀／把肩膀切碎

你感到沉重

（比死亡又长了一天）

就像我想离开／生命

脱离土地

　　　　　离开每天生息的地方

我像一个离去的死者／偶然／

仅仅短时间地离去

在模糊的雾中飘着

　　　　　穿过大洋般的气流

它并不总是好客殷勤

从高空／我们讲述

如何的是与不是
如何展露空旷的内心
　　　　和孤寂的灵魂

胸前的绿茵何其茂盛
我们望着云朵／天空
　　　　　　　　大地
有泪水砸着柏油路

从一个废弃的小站

DINTR-O HALTĂ PĂRĂSITĂ,

2000

黄昏的诗

喷水池散发着凉爽
在中午将要结束的钟点
成群的青年 /
聚集在一个似曾相识的广场
不过没有威胁
            那种临近和残暴的危险 /
把他们带到这里的
是那些凡人的基本追求

她来晚了 /
        有意或无意
我数着庙宇的石头
        从这里我们将上到爱情之床
充满神秘 / 如同梦幻

一部通透的电梯
                把我们升起
我们陷入了目光的
                线网
只有我们的手指
            碰到一起

我走动着
        用一块石头替换着另一块
我寻找着自己的位置和生命
身体摆放在不同姿势 /
一部精准调整的机器 /
在操作 / 它知道
本能是通晓这些的

125

古老的围墙 / 属于智慧
散发着白天积聚的热能 /
喷泉通过它充满压力的水管
撒出一片虚假的雨
我明白了 / 再一次
所有的分别终有未来
但从未曾有过去

因为那些每每到来
　　　　　悠长的 / 秋天的影子
以毫不在意的姿态
　　　　　面对死亡 / 不论今天
　　　　　　　　　还是明日
那么 / 就能够理解 / 当上帝 /
他无处不在的怜悯 /
要召唤我去第八层炼狱
或享用天上神的佳肴

我无所谓 / 脚下
树叶如何彼此交缠
它们干枯 / 满是锈色
在心里隐藏着如此多的眼泪 /
它们安静地等待 / 来见 /
　　　　　　　　　　光明
在那儿 / 在面颊上它们为自己书写
整部历史

我们 / 究竟 / 还彼此相爱吗（？）
血在涌动
如同一盏灯 / 在窗边
我时常在里面支撑着自己
孩子样的额头
他被遗忘并注定孤独
岁月已经倾泻
　　　　　　　在我们身上
如同山上的积雪
崩落而下

西部的诗

无数的瞬间

把你的嘴 / 胸膛堵塞

大片的雪花已是去年

尽管 / 我还在梦想那些时光 /

它们不会再来 / 永远不再

似乎我们都被惊呆

在那眼里 / 那栈道上的目光

它投向的地方

上帝也无法看到我们

现在 / 去用力击打吧

　　　　直到 / 从乐鼓的灵魂中 /

不留下任何东西

把定音鼓为你敲破

而灰色的心脏献给

原野 / 耕耘的沃土

于是那痛苦的声音

你不会再听到 / 它是怎样

悄然而入 / 穿行在落叶的季节

万众喧闹中的藏身之所

你该如何理解花朵
　　　　在泉水中的勃勃生机
用她洁白花瓣的眼
她 / 静静地站立
等待
而不再光顾的爱情之手
　　　　却折断了等待
那只手将为你洗礼
像对待一个新生的约翰 /
高楼之间的那个游荡者

花朵 / 穿行在爱情的
河湾
用她向前的目光
发现 / 被光阴的翅膀驱动着
佛陀所在的地方
他在那里欣赏着自己的完美 / 查克拉①

我们被雨的箭镞驱赶
第二次顺从于洗礼
我们悄悄溜入 / 顺着宽阔温厚的叶子下面
发现万众喧闹中的藏身之所

① 查克拉（梵语音译），印
度瑜伽中的能量中枢。

电影

他和她约会 / 在一个晚上
在一处更有异域情调的地方
他和她终于相识
他英俊 / 当然 / 带有问题
她漂亮 / 有些魅惑 / 正常
要的就是这样
他和她在很短时间就坠入爱河
电影没管别人的事情
他们继续相爱
她就这样离去 / 没打招呼
他依旧英俊 / 带有问题
她走了 / 和别人 / 达成协议
他试图献出自己的生命
她有些害怕地回身
然而又非全心全意
就这样继续
在银幕上放映
这个完整的故事
对它我们所有人都能背诵

一天早晨

另一张窄床

一张窄床 / 只能躺下一个人
却容纳了两个生命
一个了解了另一个的神话般构成
他们彼此相知又永远无法相知
他们有肉还有骨骼
有被思想和本能控制的神经
或许有半透明的心脏和皮肤

有的是日日夜夜 / 而一切又太狭窄
难以容纳 /
在他们狭小的床上 / 这两个生命
一个普罗库斯特① / 时光的宰割者
毫无怜悯
在生命的身体里雕凿
只有他才知道的 / 条条小路
它们拥挤着我们 / 用苦涩的快感
经过这些狭窄的大门 /
　　　　　　　直奔苍天

---

① 普罗库斯特（Procust，又译普洛克路斯提斯），即古希腊神话中的"达玛斯忒斯"，传说中的强盗，外号"铁床贼"，他使被劫者卧在床上，比床长者斩去过长部分，比床短者强行与床拉齐。在文学中经常用来象征平庸化或迫使人遵从成规。

某个时候我曾是囚徒
我对你说 / 趁着时间还不太迟
你走吧请原谅我
就好像我从未出现过一样

某个时候我曾被囚禁
穿着带条纹的囚服
一个最后的人
一个因为思想被判罪者
在一间简陋的囚室
拖着脚步
度过漫长的钟点 / 日日夜夜
被击头
被放倒 / 在又大又硬的台面
脸朝下
被密实地打
就像给小麦脱粒 / 在打谷场 / 用连枷

某个时候我曾是俘虏
所以 / 瞧 / 我想请你离开
还有时间
你不会耽误自己的救赎
我准备好了 / 不要忘记
此刻 / 当世纪的小站被废弃
你要重新穿上衬衣

我提醒你
我曾是一名死囚

在画室里

用平静的手指我抚摸着你的面颊
大地也是困倦的时候
你 / 不时 / 用目光回望
把我拥在你的光亮范围
　　　　　　　绿颜夹带金色
我悄悄勾勒出你的鹅蛋脸
画室中的完美模特

这是一场游戏 / 爱情的 / 痛的撕心
我们是两个世界 / 如此不同 / 焦躁苦恼 /
禁闭在沉默的框内
用支撑不住的心脏
在肩头挑起无法理解的重担

稀稀落落
你的目光 / 像从深渊 / 上升
究竟是为了我
还是为了那些 / 你头脑里 /
此刻所反映的东西

在一间空空的厅室
　　　　　　各有一把不舒服的椅子 /
我们俩人坐着 / 平静地 /
画家离开了 /
没有人在画布上 / 没有 /
去捕捉这个时刻

我只想写给你
可是缪斯 / 在欺骗我 / 第几次?

于是／失去抵抗能力的我／
抚慰着你的灵魂
面带羞怯
　　　　扑扇起疲劳的翅膀

没有任何激荡堪比生活

NIMIC NU TULBURĂ CA VIAȚA,

2004

树

月亮半透着光 / 半露着脸 /

在秋日里 / 从清晨起

把葡萄苑守护

它孤独 / 在蓝色的天际

洁净如同空中的生灵

而太阳显得有些歉疚

把它强烈的光

深入到最隐秘的心里

在一种四敞八开的孤独中

生长着那棵万般起始的树

在一道平缓的斜坡上

种着各种谷物 /

低矮的它们 / 秋日的粮

那棵树虔敬地挺立着

　　　　张开臂膀

它守护着整个河谷

如同受到抽签惩戒军队的

一名士兵

只留下他去佩戴

失去荣耀的花翎

徒劳的努力 / 然而又多么需要

太阳和月亮俨然一体

　　　　高悬在天边

赋予了那棵树

　　　　双重的影子

一个牢固 / 有着清晰的轮廓

另一个模糊 / 昏黄 /

                   只是一种猜想

投在一片完好利用的大地

被钉在十字架上的蔚蓝拥抱着月亮

此时它是蓝色的 / 犹如苍穹

镶着白色的边框

陪伴着漫长的白昼

直到太阳占据了正午

整个天穹

而光芒 / 普照大地 /

                   洒满生命之树

当红色的行星

当红色的行星 /

愈加靠近地球 / 光芒四射

在布满星星的天空 / 一轮明月宛如小彩画

在我们心灵中坍塌了一道围墙

一片高高的河岸 / 水畔

带着震耳欲聋的声音和缄默的口

坍塌了一道墙

我送给你的是最后一口喘气

战神的行星 / 在它星际的路上

用它的眼睛 / 那只红色的 / 把我们跟随

在桌上 / 罗勒①

——它如此单纯而味道又是那么浓郁

让我们不禁要把它摇动或是把它的叶子触碰——

在审判的时刻 / 当群星

经过数千年的旅行如此接近

宇宙定律的许可范围

我们已经迷失 / 在星系

它们向着红色奔跑

不断地远离

宁静 / 残酷 / 到来的是巨大绝望

它从上到下紧密相连

用坚定的手按住我们

挤进大脑 / 在神经轴的突触之间

穿过那些灰色的褶子

不会有任何人为我举着神幡

① 唇形科植物，在中国称九层塔、金不换、兰香等。

到云彩的舱室那里 / 摇晃着
穿过层层迷雾
矗立的笔直枞树
　　　　露出林海的只有树尖
还有汇成瀑布的涓涓细流
那是我们的眼泪从不停歇

像在生活中

有一些从深邃远方发出的声音
它们预示着无情的灾难
（如同在一场决战中
　　　　当剩下的只有石头）
它们躁动不安 / 他们策划密谋
在等待中 / 让实现的日子到来
勤劳的希望在将它推动

像在生活中 / 一个夜晚多快就被撕碎
就如同被连续不断的寒冷冻坏的花朵

倘若存在光明让大地消失
在洪荒中划桨
像一艘没有罗盘的帆船漂在黑暗的海洋
所有这些
还能向众人诉说什么

然而没有人解开靴子的扣袢
准备好迎接西伯利亚的巨大风雪
让脚掌在那里燃烧 / 留下自己的印记
足跟被棍棒击打疼痛

有这么多压在我的灵魂和肉体
它们纷纷入侵
但我并不抱怨或是哀叹
我只向上帝表示感谢
　　　　因为他又为我安排了一夜

没有任何激荡

末日何时将至 / 你问自己
它究竟是何种模样？
你懂的 /
当灾难降临
各种记忆就会死去
像一片内心海洋的沙滩
泪水 / 滴滴串串 /
　　　　滚落在里面
那是一种极度痛苦 / 它撕心裂肺
那是月亮 / 一个巨大的铜盘
可以听见 / 落在上面的声响
灵魂接着灵魂
像雨从天降

而你 / 此刻刚刚开始爱我 /
一切就已失去
此刻你寻找着我
在那些由于时间的 / 锢水
而坍塌的行为和遭遇
我们生活的现今翅膀已死
城市和群山就是些碎屑
在晨曦中 / 亦如永远
那颗同样的天体将会闪亮
它对幸福和忧伤漠不关心
尽管这些遍布星球
让生活显得单纯而没有悲情
像一片大海 / 没有被风暴席卷
还像盐 / 静静地 / 聚集在深海

没有任何激荡堪比生活

一天早晨

我知道痛苦的微末

尽管 / 在那些常见的疾病中 / 我没有一样
我却知道痛苦的微末
它经常把我造访 /
贴在大脑 / 在神经轴的突触之间
一幅停住不动的画面
就像在乡村的电影幕布上

我看着一只手 / 青筋鼓起
它在停歇自己内部的辛劳
我有一股疲倦 / 来自本觉

献身于孤独
死亡在愈加执着地
敲打我的窗户 / 经过家门
上到阁楼
它想进屋 / 把我依附

一只手 / 用抚爱的手指
在我的脸上画着句点 / 寻找我的轮廓 /
给我生命

活在诗歌与爱情之间
夜晚和白昼一体相连
你不知道何时开始
　　　　　或者何时结束
时间没有自己的尺度

有的是用天使骨头做成的梯
我拾级而上 / 带着腼腆
我们想从那朝向的地方
一起去注视 / 缥缈的虚无

你何其之远
水域 / 原野 / 怪异的地形
把你隐藏
有的是陡峭的山 / 并不好客
冰封寒彻 / 像落在一个天体 / 一颗行星
离着太阳路遥遥兮

留在活人当中的
被那些瞎眼神掠走的
我寻找着你 / 怀揣需要的全部绝望

欧律狄克①

① 古希腊神话中俄耳甫斯的妻子。

一天早晨

144

让愤怒的国王来吧
            来对我说我的终结在何处
何处是我的心和思想
永远停滞不动的地方

来吧 / 当黎明
            推倒夜的记忆 /
为白昼竖起金色的支柱
像一缕和煦的风
拂过女人的胸脯
            留下自己 / 柔缓的 / 按压
好厉害的快感

在母亲生日的时候
让痛苦的天使来吧
            把我的手指一根根撅断
就像树木裂断 / 落下悲伤的 /
                    枝干
按住我的眼睛 /
            左眼 / 右眼
如同不舍的留恋
            落在胸口
那时在旷野无边的草原 /
集结着悲悯的 / 脚步

在神圣的日子
哭泣的那人怨恨着自己
自知分量的那人
通过自己知道分量

当天使来临的时候

不仅仅是一个知分量的人
我的死亡将在某个时候 / 益于某物
一种某物 / 现在 / 我们才刚刚猜到

在已经不在的那人生日
我写着无比伤感的书
用破碎的心和冻僵的手
直接在铺开的灵魂肌肤上
用一支削尖的羽毛笔
蘸在一股潺潺的血流里
如同清晨来临时的泉水

在母亲生日的时候亚巴顿①来了

一枚裹上红色的箭头

O SĂGEATĂ ÎMBRĂCATĂ ÎN ROȘU,

2008

我们踩踏在云的前面
　　　　用空气的脚步
它们成扎成团
　　　　飘移着／竟然宁静！／
（——眼睛从天空所见？——）
朝着只有它们知道的地方

连绵的山脉穿越
大洋／用它们的整个
阴影轮廓
在朝生暮死的土地
在满是皱纹的脸庞／

升起来的是长长的妊娠纹
　　　　河流的岸
如同跟随一根枝条
　　　　抽打波峰／紧张
它们在大洋上画线
我们活着是为了横跨
变幻无常的
　　　　　　一部地理

这是带上镣铐的时光
被你的手／它毫无生气
歇息在我的额头

晨曦中的一次冒险

一枚裹上红色的箭头

我们走过一个教堂 / 栎树环绕的
　　　　　　哥特式建筑
交合的树枝像张开的手指
　　　　　伸向高空
它们如同一种精神和身体的编织
沐浴着甜蜜的黄昏落日
秋天那长长的翅膀
触到了叶子和我们的灵魂

你还活着
　　　　而田野的绿色依然
失败的结果已经凝滞
通过血浆
　　　　爱情
如同一枚裹上红色的箭头

那曾是心
里面滚动着时光的滑轮
　　　　　　像从夜的泉眼间歇喷发
滚烫的蒸汽把螺旋桨片旋转

当月亮的灯盏熄灭
而所有的星星纷纷入睡
我仅仅看见你的手
只有我的手臂能够发现你
让你被拥抱 / 被拯救
于心灵的枪眼中间 /
　　　　从会飞的幽谷深渊

一天早晨　　　　　　　　　　150

一切可以是多么的简单
就像多声部中的乐音
就像一首巴赫的托卡塔 / 在傍晚

而槐树的花
　　　　　　被心爱的女友
放在桌上
如同对诸多问题的一种回应
它永远 / 不会打开自己的 / 大门
　　　　去发亮照明

那些白色的风铃草 / 带着它们悦耳的芬芳
如同管风琴的声音
集合在一支绿色的茎杆上面
　　　　　　　　恰似谱号

风景诗

迎接我的是一束光
　　　　如同创世的时候
[从躺在暮色的夕阳那里]
一片阴影 / 里面拱起了额头
像一团云 / 跟随我
整个天空布满了颜色的条纹
它蔑视 / 用一阵练习曲预示着夜晚

秋天缠绕着灵魂
爱的时光 / 搅乱了
被一阵流血的风

我在努力认知自己的局限
　　　　用心的臂膀把它们拥抱
来猜想我的未来

我活着 / 我惊叹
这种流逝的状态
我从白昼的墙壁中间悄悄爬上
　　　　夜的脊顶
如同鱼儿漏过海的网
又像鸟儿飞出天的套

我言语在字里行间
用的是笔的语言
饱蘸在聚集点滴时间的墨水瓶

难道 / 用我的口和手
可以请求 / 瞬刻

灵魂的律动

一天早晨

停顿

直到真理的

        黎明

光耀万丈

我是灵魂的律动

推着身体从现在的河床

        进入痛苦的岔道

在这儿 / 划线 / 挖掘战壕 /

          在大脑上

终定的

一天早晨

一天早晨罗马尼亚醒来
　　　　身边挨着的是中国
她的人口
　　　　比印度还要众多
她的历史
　　　　　包括法国都要艳羡
她的政治群雄
　　　　连罗马帝国也未曾有过
她的诗人们
　　　　比背信弃义的阿尔比恩[①]的那些还要伟大
还有她的哲人智者
　　　　比生存于德奥诸邦的更加深刻
还有她的富饶
　　　　　远胜过山姆大叔的国度
所有的地震都停止了
全部的江河流水都温顺地
　　　　　汇入它们的河床
任何一种灾难
　　　　都不再造访祖国的土地
社会秩序臻于完善
　　　　四季明媚 / 罗马尼亚民众幸福
所有这些 / 发生在
　　　　一天早晨……

---

① 阿尔比恩（Albion），英格兰或不列颠的古称，词根有"白色"之意，因英国东南部距欧陆最近的多佛港有巨大白色石灰岩而得名。法国大革命期间，英国对其采取温和支持态度，但路易十六被处决后，英国却联合其他欧洲国家一起对抗法国革命，"背信弃义"由此而来。

寂静中 / 可以听到一台发动机
猛烈 / 轰鸣在公路
高昂地经过 /
徐缓地移动
拖着挂在铁臂上的犁

一只巨大的厚皮动物
慢吞吞地前往原野
它无忧无虑地滚动 / 样子刚刚可见
它装载的宽容
可以在一年四季丈量
与天体和人类
　　　　　　同步

与天体同步

几乎所有的朋友

所有 / 几乎所有的朋友
　　　　还有敌人当中的许多
　　　　都斜背着半个世纪
没有一人 / 如果被问到的话
　　　　还能够说 / 关于未来
实现
　　世纪的上半叶
　　　　那一天尚远

我们不再年轻
　　　　没有一人
带着白色的胡须 / 容光的秃顶
一些人已经疲惫 / 另一些人依然充满雄心
有几个厌倦麻木
还有很多 / 更多的人
　　　　把自己的帐篷升到了那里 / 天上

我们一起经历了极地的寒冷
　　　　　穿越了恐怖的丑恶沼泽
背负着桅桁
脑膜上带有深深的褶
我们有的是破牛仔裤和膝上的孙辈

我们 / 凯旋的失败者
一些身影 / 属于一个散落在
千年的影子
　　　　而它敞开着自己
　　　　　初始的门

摇
摆
的
POEME ÎN BALANS, 诗
2013 篇

你不要
什么都不要问
为什么？
你不要问

眼睛被遮掩在石头里
我是大理石

你不要

偶尔发生在大街
　　　　　有时你独自一人
迈着大步奔跑
　　　　　如果是夜晚
去寻找一个灵魂……

偶尔发生

偶
尔
发
生

陌生人
在寻找我的灵魂
我在夜里消失
如同一只猫
神圣的
时间紧紧抓着我

陌生人

外面是雾
被蒙骗的窗帘在虚构幻觉
　　　　天鹅如何张开双翅落下
　　　　被一阵射线的雨杀死

从塔楼中可以看到荒野
一步步地接近那些城垣
——我是否还有一个心爱的人——
面孔／现在我懂了
有时让我感到惊恐
因为他那雕像般的木然

忽然间我发现
　　　　我是自由的
　　　　　　身披着一片阴影

根据家庭的习惯

给我一片天

给我一片天
　　　　　或给我一个灵魂吧
你们来看着它如何在哨音中返回
给我更多
　　　　　更沉重
　　或无边无际的馈赠和辛劳吧
你们来看它们多么快地消失
　　　　　　又如何单单把我占据拥抱

在眼泪的海洋
聚集了所有的愿望
　　　　　微小的词语
　　　　　　和虚夸的大话

在你穿越了无限
经过了睡眠的那些濒死牧场
前面漫天展开的
　　　　　依然是无限

163

午时的状态

走来 / 收拾杂乱的东西
洗刷餐具
　　　清洁地板 / 哄孩儿睡觉
浇花
　　　喂猫 / 狗
给花园松土
　　　那是爱情的整个庭院

走进厨房
关窗
　　　　　关门
打开煤气
　　　所有的灶眼
看着 / 听着天然气平静的咝咝声
坐上摇椅
　　　望着窗外
　　　　　　叶子的飘动
那是葡萄的叶子
　　　那是无畏的果树叶子
尽在中午的温暖之中

不知不觉 / 味道占据了房间
而却无人开门

有待完成的义务

我的双手听着你的心灵
通过所有那十只乳头
　　　　用非常细小的眼睛
如同激光的红点

它们是那十诫的载体
为你把内在能量的轮廓勾勒
在昏暗的屏幕

它们是意义的寻找者 / 在滚烫的脊梁上
穿过夜的垂直肋骨间
是心脏在神圣的地方发出轰鸣
它们是看守者
　　　　在雨水落踏在
叶子和草上 / 一株接着一株
星球界的算盘
　　　　似乎想告诉我们
　　　　此刻有多少星星在把我们注视

只有螺旋般上升的死亡
　　　　总在迈向更高的一阶
　　　　　　集合起一个又一个心灵
在一把上天的算盘那里
　　　　分给每个人的份额 /
　　　　　　都是海量中理应归他的那些

亲爱的你的眼睛

亲爱的你的眼睛
　　　　　蒙着闪闪的金光
你用两片眼帘
　　　　　遮住我的生命吧
再用那长长的睫毛
　　　　　造一座桥
让大地与天空相连
在这儿
　　　　　放牧我的心灵
享用你那些微笑的青草
它们被你奉献
　　　　　每当
你的目光在我身上眷顾停歇

你欣赏如何燃烧
　　　　　一堆硬木的篝火
上蹿的火苗
　　　　　变化着身影
那是一种复杂的几何形状和色彩
以及天上
　　　　　不断飘过的云朵
总在变幻又总是一样
对于蓝天它们是凉爽的火焰

在生活中爱情
　　　　　也是同样装束
种种的变形
　　　　　即便是奥维德①也不曾提过
不曾收入《爱的艺术》

你欣赏如何燃烧

① 奥维德（Publius Ovidius Naso，公元前 43 年—约公元 17 年），古罗马诗人。因作品有悖奥古斯都大帝推行的道德改革，被流放到黑海沿岸的托弥（今罗马尼亚的康斯坦察），在那里度过了生命的最后十年。

像在一部电影
　　　　　几十年后重放
你看见自己的母亲
　　　　在婚礼结束的时候
如何拿着你的新娘的花冠
和代替父亲的叔叔一起
音乐沉默了
　　　　婚宴的人们累了
你——在绝望中——
　　　　看见自己流泪的母亲
为了儿子
　　　　为了她在生活的前线
　　　　　　在颠沛流离中失去的青春

满是灰尘的文化馆
　　　　已经随着时光成为废墟
我们聚集在一盏灯下
　　　　把苍白铺洒在所有人身上
铺洒在
　　　刚当上的
　　　　　新郎和新娘
　　　　　　他们乖乖坐在凳子上
听从人们为他们卸妆
其他人
　　　留到最后的
　　　　　站立着

婚礼上的舞曲停歇了
　　　　温厚的秋天带着忧伤
　　　　　　从高高的地方飘落一片宁静
我们扮演着自己的角色……

我亲爱的

我亲爱的
不是这样
　　因为我们的眼睛
　　　　将会彼此相视
并且一直到
　　　　我们完全离开之后

不是这样 / 我亲爱的
因为我们的双手将会寻求
　　　　相拉在一起
即使当我们完全就寝的时候

不是这样
　　不是这样
因为我们的心灵 / 总是
　　　　会一起飞翔
即使在……之后 / 之后
　　　　我亲爱的

我的所见来自各种运动

我的所见来自各种运动
　　　　　来自它们在山丘之间前行的状态
来自整齐有序的影子
我懂得了：
　　　　　那是很多的劳作
努力去丰富由各种破坏汇聚而成的宝藏
里面确有
这个世界 / 丝毫不虚的 / 影像

一个烟雾缭绕的早晨在曙光中到来
它还不够清晰
是一个充满着承诺的早晨
充满着木然的人们 / 移动的建筑
全部都在面对着无情
而没有宏大的旗帜

一只安慰的手
　　　　　放在诸多听话的头上
——在所有人当中 / 只有他们将继承土地——

现在 / 当沉浸在
金色和清新空气当中的时候
他们并不会去为真理
　　　　　寻找一处位置

自由地漫行
　　　　在深沉的天空
在晴朗而清凉之夜
那架大车
　　　　带着歪斜的辕

固定的星星
　　　　是七颗
如同创世的天数
它们要近得多地
　　　　出现在我们的眼里
伴着略微阴沉到来的
　　　　寒秋
带着口感粗糙的葡萄榨汁
　　　　还有黄色和红色的叶
还有收获之后留下的
　　　　空旷田野

你们这些星辰要去何方？
　　　　亡灵在问
幽灵般的手不停地翻动
在衣服中间
寻找心脏
我在从内心深处聆听
——在秋天的犁沟下
　　　　田地是如何呼吸
会有白色的裹尸布 /
当月亮 / 行走云端 /
闪烁着血红色的光

牧歌

把你红色的头发散披在肩
　　　　　　让火焰把长发衬映
孩子们在周围戏耍尽情

从白雪皑皑的群山中间
向家门口涌入了野蛮人
你知道他们在我们中间
是我们／穿着毛皮和铠甲
鱼张着鳃而虎舞着爪

——带着火焰的阴影落在空气的墙上
那个时候婴儿正在接受
　　　　　　没药和金子／乳香①——

天鹅一动不动
　　　　头顶是如锶的银白色云层
　　　　　　　　在放射着光亮
它们用高贵的喙
在键盘上弹奏

一首巴赫的托卡塔／一次逃离
从一个尚且存在的世界
向着另一个世界
它将不再是
一个如此的世界
戴着没有两手的手套
踏着没有脚底的筒靴
穿着没有肋骨的坎肩
　　　　和瘦弱的长裤

行走着一个灵魂

① 《圣经》故事，指耶稣初生时，东方三贤士前往拜见并带去这三种礼物。

这就是我们出现在报告里的样子

上帝理解我们的缺席
在膝盖上留下印记 / 在皮肤下
把氯仿面罩戴到嘴上
我们同命运的巨大轮盘进行对话

劈开的须髯何等俊逸
裸露的额头何等饱满
空乏的心脏何等灵秀
　　　　　衬毛的双手何等奇妙
为我们打造和展开未来

红色的太阳 / 穿过一道道胸墙
漠然地抬起打着鼾声的脊背
风铃草的声音依稀传来
那颗布满镜子的星在熄灭
　　　　　如同扔进雪堆里的火炭
　　　　黑色的脚印留在
　　　　　　属于大爱的山上

现在我既是又非
现在我既是又非
现在我战栗
　　　　　我是湖水或者是石头
你的手 / 我的手
　　　　　　在或不在
星星下面 / 视频剪辑中间

我存在 / 我们存在！？

              我问自己 / 问你

经过黑暗和光明

        被魔幻般的灯追着

              勇猛得令人惊恐

行走着一个灵魂

总是需要

我们这一代人没有经历任何战争
占领者们 / 胜利者们
　　　　在集中营大批杀死
　　　　　　父母和祖父母
我们好像生活在一个密封的温室
　　　　那里一切都是定量分配
　　　　按照最高领导人的喜好和摆布

我们都不再年轻
如同高山上的积雪
我们的热情 / 逐渐地
被冷漠的沼泽吞没

像发自深处
　　　　像发自昏昏欲睡的火山
被猛烈地唤醒
　　　　我们流泄在城市的柏油路上
　　　　为了发现 / 赢得
气势磅礴的自由

啊，是的！
　　　　总会有人开始
　　　　从零起步
为了让历史
　　　　患病的
　　　　重如一座铀山

放射着可怖冷漠的历史
重生

总是需要
我们从头再来

所有的叶子都落了
　　　　　是风把它们从枝杈上撸去
秋天写下了自己的遗嘱
它身着金色的衣装
　　　　　在草地上留下
迟晚的全部辉煌

秋天写下了自己的遗嘱
　　　　　在萧瑟的阵风里
它有所意识
知道终结来临
白色的墓地和凛冽的严寒
逝去的是宽容 /
　　　　　温和

秋天写下了自己的遗嘱
　　　　　用一丝微笑
叶子一片接着一片
　　　　　离开自己的爱

剩下的树枝几多空寂 / 孤独
要面对喷吐气息的口鼻
　　　　　那是来自北国的行者
带着冰冻的利齿
　　　　　惊吓到未来的日子

所有的叶子都落了

一天早晨

我在时光身体上凿刻了六十级台阶
六十座装甲地堡
为了在出现原子武器屠杀时
我已经聚集时刻日子月份星期
它们来自连续的生命
我还把心在屈辱的绳索上
悬挂
在一种无法控制的摇摆当中

如此爱我的是绝望
带着暴起的青筋
——我的见证人只有浮士德
那时血洒泻在祭坛
面包 / 未发起来的 / 是用肉做成——

从北方 / 在雪崩中飘来了
　　　　一片片雪花
它们被风驱赶着
　　　　　　落到我的整个身上

我显现在石头般的空气中
　　　　带着漠然
物质上的冷冻
用心灵的铁锹 / 从地堡的墙上 / 我撕开
　　　　　　在沙漏的壕沟里挖掘着

一条朝向你的路
比阿特丽丝
穿经漫长迷宫的引路人

我总是在盛宴之后才赶到
那时所有人已在匆匆告退
在门口看着那些在拉车门的人
以至于我要问自己是否
　　　　确实／在被邀请者之列

（难道珀涅罗珀在为我
编织并拆开
　　　等待的渔网）

我尝试解码
　　　去理解为什么我是最后的来者
又总是头一个离去的人

我尝试解码

用
思
想
用
形
象

CU GÎNDIRI ȘI CU IMAGINI,
2018

儿子与父亲

一个移动中的山石之国

被江河和雨水冲击

石头在火焰中 / 红色的泥泞

鲜艳的绿色和橄榄绿色

　　　　　　　　　把山坡笼罩

洪水把树木冲走

把它们连根带土搬家

愕然于阿索斯山

　　　　　纯洁无上的圣母之山

时间不能再把我们度量

指甲不再生长

　　　　胡须也是一样

同深渊订婚的群山

　　　　　　　在此停止

奋力迈起它们巨大的脚掌

进入大海

从被海浪吻过的 / 虚弱岩石

上帝啊你有地方能够遮挡

　　　　　　把我们聚拢

修士们为圣母玛利亚颂唱着诗篇

其间曙光照亮

从穹顶的高处

用一缕平静的光亮 / 神灵的

　　　　　环抱着父亲与儿子

什么也不能发出征兆
　　　　某事某物将会长久留存

夜色如同纺线的羊毛
用它可以纺出所有的东西
　　　　刻着痕迹的钟点纺锤
　　　　从生命的大树砍伐

忧伤可以随时从杯中
　　　　溢泻
命运把你聚集
　　　　在它疲惫的手掌
如同一种安抚

现在我们将发出噪音
　　　　实际上不为任何目的
不过是要错乱无形的心灵
　　　　和木然的头脑
去唤醒
　　　　灵魂躲避的身体

你们去击打定音鼓吧
　　　　不要再听到
　　　　那些注定发生和没有发生的
这是轨道上 / 车轮的声音

时断时续
　　　　像枪弹
从自动武器射出

刻着痕迹的纺锤

手牵手

秋天滑落
　　　　　在心扉和前额
季节来了
叶子簇成了地毯
　　　　　铺满在幻觉护卫的路上
我们手牵手 / 不紧不慢
眺望原野
它们安详地裹着白霜的衣装

我知道
　　　　等待我们的是大雪
　　　　　　　和后面的冰冻
我们微笑着 / 继续迈动脚步
一切是如此美好

从它们的叫声

白天走了
大门关了
剩下的只有风
　　　　和让你脚步黯淡的夜晚

大海在吃力地喘息
温和地把自己的灵魂
　　　　　　　　送到岸边
推入深深的港湾
　　　　如同心的回归

它空乏了思想
　　　　所有活跃的东西
片片乌云
　　　　支撑起远方的天际

只有我们两人
　　　　没有月亮相伴
我们彼此相拥
　　　　听着海鸥的歌鸣
从它们的叫声
　　　　滑入我们的叫声

一天早晨

今天是雨天
我们移动着身体
　　　　比肩接踵
我们鱼贯出入
　　　　在雨滴中

剩下了苹果
　　　我们咬过的
　　　　　时而你／时而我

雨天

我们在高墙之间
　　　　　红色的砖墙
在久经磨难的城堡
那里有鸽子—乌鸦
踏在历史的石路
迈着鸽子的脚步

雨天就这样
　　　有一股苹果的味道

阴
郁
的
桅
杆

一个少女用芭蕾舞的动作
飘移在大雪覆盖的白色原野
带着花的味道
　　　　　长在沉稳等待的茎杆
把路引领

一只黑鸟划破
　　　　　被暴风雪掀起的月牙状沙丘
电的身体
　　　　悄然潜入夜的殿门
带着蝴蝶的低语
寻觅中的手指
　　　　落在一幅焦虑的地理图上

树木
　　　阴郁的桅杆
　　　　　　插在漫天的雪中

沉默的看护人
　　　　在爱中
升得更高
朝着祈祷的心
　　　　摇曳着
游荡在一片蓝天

一位坠落的天使
　　　　反射在月亮那破碎的镜面
　　　　　　　把我们跟随

你呼唤着我
　　　你从远方把我呼唤
穿过围墙
　　　厚厚的气层
穿过雨声
　　　还有神灵那刀枪不入的铠甲

嗓音

一个没有声音的嗓门
　　　一个消失在大海深处的嗓音
仿佛从一个从未有人住过的
　　　其他行星
发来的呼唤

包裹在夜的幕布里
如同骑士们
　　　一路奔向
那颗只向占星家露面的星
我听见定音鼓里
　　　有节奏的击打
那是白羊星座
　　　在扯断脚镣

原野延伸着
　　　在冬天未被触动的地层下

它已准备好
　　　执意要把我们包上
　　　一层冰冷的裹尸布

白天
　　　　当嗓音快乐的时候
它不会让自己被淹没

它以胜利者的姿态
　　　　出现在寒冷的屋脊
提高着
　　　　从爱情的主动脉中
用纯洁的无意识
　　　　　　嗓音

我不想再去关注自己
　　　　不想知道春天的意义
当它有朝一日来临
　　　　　乘坐打着旋涡的轮子

大量的积雪
聚坐在屋顶
　　　　　从里面露出的只有红瓦
血在结冰

珀涅罗珀在何处藏着
　　　　她自己的那些战争
　　　　遍布着织布梭子和编织的玫瑰
当处在焦躁 / 被命运的淤泥沾满
流水
　　　　奔涌着要去埋葬
　　　　　　所有的心灵

打着旋涡的轮子

在臭氧层之间

悬挂在臭氧层之间
一个飞行的三明治
在清晨透过的光亮中发出轰响
我穿过天空上路
升起在大地

用被压痛的耳膜
我呼吸着
我是微小的山岭
　　　　　城堡
高大的主教堂
　　　　　整齐排列的道路
我是发育迟缓的生命
　　　　　在河流的岸边
无论是否有意义
　　　　　在没有施舍的年月
我是刻在沙砾中的身体

一道阴影般的光亮
在丰饶的秋天里闪着铜色
等待这来自空中的信号
我们望着
　　　　镶嵌在身后的
　　　　　　那七道封印

而荣誉微不足道
积累它的手需要调整
　　　　　　走音的竖琴
保持一种
让你不会丢失的节拍

一天早晨 　　　　　　　　　192

旅行

我们准备上路
　　　　把需要的集中在行李箱
为我们两人 / 特别是为了他们
那些为之旅行的人们
我们动身
　　　　依然行走在出生地的街道
（是出生地的！
毕竟 / 我们在这里第一次喊叫
我们在这里吸入了第一口空气）
飞机即将起飞
时刻已经不远

在那之前
　　　　我的生命 / 我们的生命
　　　　　　聚集起的全部
　　　　　　　　没有任何改变

春天用整个季节的芬芳
　　　　把我们相伴

我们滑向我们认为
　　　　生命有意义的地方
太阳升起 / 在人们熟知的
　　　　昼夜平分的钟点

终点站

下一站我们下车
旅行似乎没有尽头
我们舒适地坐在扶手座椅
读着报纸
回着大量的电话
我们信任地微笑
完全是为我们建造了
　　　　　星星的帆船
一个星球带着一颗听话的卫星

一道道美妙的曳光
　　　　如此闪亮地奔向我们
　　　　　　指引着路向
我们在表象的迷宫中航行
在谎言的海妖①和海怪②之间
他们用闪亮的衣着把自己伪装

我们充满信心地微笑
我们在造着自己的虚幻雕塑
我们是永恒中瞬息即逝的东西

许多别的小蝇虫取代我们的位置
在同样的扶手座椅上 / 坚定
　　　　　光荣地向前

任何时候都没有一种惊恐把它们造访
　　　它们为连续的影像着魔
接续的永远都是
　　　　终点站

---

① 原文为 Scylla，希腊神话中居于意大利墨西拿海峡（détroit de Messine）岩礁上的 6 头（12 脚）女妖。

② 原文为 Caribda/Charybde，是墨西拿海峡的大漩涡，在岩礁对面；希腊神话中说是一个海怪。

有一个地方
　　　　在村子的出口
当斜坡
　　　　陡立出现
　　　　　　　　在一处山脚的台地
它变得温和
　　　　被居民们称为
　　　　　　　　　　三条公路
从第四条路中它们流淌着
　　　　如同出自三条支流
　　　　　　　　汇成的一条大河

一个路口
　　　　一处岔道如同平板
　　　　　　　　像一扇厚重的木门
不很宽阔
　　　　　　　　刚刚能让你掉转马车
　　　　　　　　或任何车辆

所有的一切都从这里滚落
　　　　进入一个快速的斜坡
旅行者们
　　　　像在古老的童话世界
在有着许多出口的台地
　　　　寻找着那些离去者的手帕
而所有的都被弄脏
　　　　满是血迹

有一个地方

在出村的地方

         别离的时刻来临

每个人要踏上自己的路

当童年结束

岁月

消失在燥热的尘土

       弥漫了整条街巷

你懂得

    这里留着

        永远镌刻的

    赤裸足迹

语词

只有石头可以理解
　　　　　别的石头
即便它沉睡在
　　　　黎明的石路中
被踩踏
　　　　在清晨的露水
那些脚掌赤裸
　　　　　坚定
被万物之始的源头
　　　　不同民族之母

这是些简短的语词
　　　　如同寒冷的夜晚
从中不断奔涌着
　　　　　　悲伤
还有些语词
　　　　你可以从中看到消亡如何发生
当圣子躺在流血的石头上
　　　　就已经足够

哦！备受磨难的母亲
　　　　用心灵的老牛
　　　　　　你耕耘着
　　　　　隐忍的土地

死亡不会绕过任何人
无论是白天还是夜晚
无论百花争艳的春天
　　　　还是寒风凛冽的冬日
无论是苍苍老者
　　　　还是刚刚降生的婴儿

无论他是异教徒还是笃信基督
　　　只要他还在喘息
　　　　　便毫无疑问
死亡不会绕过任何人

所有的行者
　　　　只要还活着
他们就被固定在一个生命的时光
　　　无论丰富或是荒废
他们非常清楚地知道
　　　　毫无疑问
死亡不会绕过任何人

不
会
绕
过
任
何
人

一天早晨

哦！这个手指看上去如此之长
手指搜寻着经过轨道
　　　　　　经过白昼剩下的地方
经过夜晚的大脑

一个锋利的手指
　　　　近乎一枚箭镞
射向充满疑问的心
它放弃任何努力
去争取求助和宽恕的权利
一个不会原谅的手指
　　　　却总是能够理解

时时全副武装
　　　　如同行进的军队
它是手指
　　　　长在工作的手上
而又何留
　　　　当蓝色的血
洒落在纸页
　　　　那白色的原野

而又何留

天水纪行

MADE IN CHINA,

2018 诗 ①

① 这里收录的 4 首诗，系作者 2018 年 8 月 30 日至 9 月 3 日来华参加第三届"中国天水·李杜诗歌节"后创作，发表在罗马尼亚《当代人》（*Contemporanul*）杂志 2019 年第 5 期。小辑的中文标题为译者所加。

令人仰视的古槐

赠康斯坦丁·鲁贝亚努①和夫人

令人仰视的古槐 / 翠柏
　　　竞相比着树龄和身高
时光退后几千年
　　　它们都是寺庙和诗的护卫

这些随处可见的古树
年代要远远早于羲皇
　　　　　英雄始祖
他的发明
　　　让普通百姓随手用到
文字
　　　渔网
　　　　　还有其他
　　　　　　　同样重要的东西
而且还有预卜的方法
　　　用八卦
　　　　　落在阴阳两仪

那些树站立着直到老去
　　　傲然倚靠着一道道墙垣
　　　　　就像巨大的支柱栋梁
就这样
　　　古树把阴影
　　　　　撒在宝塔的斜顶

神明在那里为自己找到了家
　　　来接受供奉的
　　　　　柱香
　　　　　　　还有来自蜡烛

① 康斯坦丁·鲁贝亚努
（Constantin Lupeanu，
1941— ），中文名字鲁博安，
罗马尼亚外交官、汉学家、作
家，曾任北京罗马尼亚文化中
心主任。出版包括《诗经》《水
浒传》等在内的中国文化译著
和文学创作 40 余部。

颤栗的火焰

在来来去去的世纪
    不朽的古树
      在神庙
        或是逝去的野草上
抖落自己的叶子

过客的我们这般匆匆
    相聚的时光如此短暂
而别后的古树仍会一如既往
    把自己的岁月和世纪延续不绝

诗人的草堂①

赠吉狄马加

和友人一道
　　我久久驻足
　　　　在复建的杜甫草堂

它在这里
　　重新矗立
　　　　一如当年侄儿②住所的模样
在大约十三个世纪以前
　　茅屋里宽大的土炕
　　　　就是全家人歇息的地方
简陋的屋舍
　　粗糙的木格
　　　　便成一扇扇花窗

在几步的旁处
　　　　还有
生火的灶台
　　做饭的地方
屋外的墙壁
　　成串成辫
　　　　挂着辣椒洋葱大蒜
这里就像任何的
　　农家柴房
不论在哪条子午线经过的地方

进入堂屋
　　在门前对面的墙上
悬挂着大诗人的肖像
　　他经历了乱世

① 此诗系 2018 年 9 月 2 日参加天水"东柯杜甫草堂"石碑揭幕仪式后作。

② 唐肃宗乾元二年（公元 759 年），杜甫为避战乱逃出长安，流寓陇右秦州东柯谷侄儿杜佐处，其间写下《秦州杂诗二十首》等传世之作。

唐朝的昏庸帝王
在画像的下面
是支着的台桌
　　挂放着书写用的毛笔
我们肩并肩
　　坐在一起
在这无所不包
　　而又简陋的憩息之处
面向照相机的镜头
　　面向一片永远

还有那座夏日的凉亭
　　至今依然守护着
　　　　这位大诗人的草堂

天河注水

赠高兴

天上之水
　　撒在诗人们身上
落到诗歌爱好者头顶
雨丝蒙蒙
　　细密不停
湿润了手稿的纸页

在巨大的阶梯剧场
　　在露天的舞台
只能听到诗的声音
　　和音乐的相伴
撑起雨伞
　　披上雨衣
没有人愿意离开

诗句在流淌
　　按照一个平等的
　　　　声音节奏
如同一道魔法
　　一场欢乐的节庆
　　把天地相连
就像那丝丝缕缕的
　　雨

抒情的季风
　　与灵动的诗永在

幽径上的太极

赠丁超

阴和阳

相邻相伴

　　刻在幽径的石头

面向人文始祖的寺庙

　　伏羲的祭祀圣地①

——它在山丘上突兀而起

　　周围有塔高耸

从那里可以俯察河谷

　　全部的地域

城镇和村庄

　　原野和森林——

神孤独地盘踞

　　只有他的妹妹女娲把他守护

在阴阳图案的上面

从来没有积雪

即便四周

　　满天飞雪

即便严冬

　　寒风凛冽

雪花落在上面

也会立刻融化

大堆的雪

　　从原始状态

　　筛出自己的洁白

用雪片来遵循

　　伟大定律的几何形状

① 这里指卦台山，位于天水麦积区渭南镇，是传说中人文始祖伏羲仰观天文，俯察地理而推演八卦，开启华夏文明之地。

一天早晨

只有在他的庙宇
　　　　降临的千秋故事
在阴阳上面
　　　　留下永久的光映

这个地方
白色的冰冻
从来没有让自己歇息

SUB CRINII ALBI, PE UNDE NU-I ISPITĂ.
Gînduri despre poezie,

2009

ALTE GÎNDURI DESPRE POEZIE,

2017

诗歌断想（节选）

没有读者的诗歌

……诗歌属于内心深处，属于一个人的灵魂和智力，让他为之伤感的是些冰冷的地方，只有极少的人能够在彼处清新和纯粹空气中呼吸，庇护那方的是九位文艺女神中的六位：优忒毗、梅尔珀弥妮、特普斯歌利、依蕾托、波利海妮娅和卡拉培。

任何人都不会不抱被阅读的希望去写作。起码印刷人员或编辑会去阅读书中的诗作。瞧，我们已经有了两三位读者，不论我们是否愿意。谁从青年时读诗，会一直读到终老。当然，这样的情况并非大量存在。

诗歌，诗歌首先应当存在，应当让诗人完成自己的天职。假如诗好，当然会有读者，若非，将会消失在忘却的虚无之中，就像如此之多的诗和它们的作者一样。没有读者的诗是不存在的，假如有的话，唯一有过失的还是没有能够通过文本质量来引发关注的诗人。

批评缺席的诗歌

毋庸置疑，诗歌总是处于批评的缺席当中。当可怜的诗人在写作时，如果有批评家在他身边，又会怎样呢——他拿笔的手可能会瘫痪。他相信需要把抒情的滔滔话语铺写在纸面，即便是内在的批评眼光也不能阻挡，于是不断地写，不时在杂志发表，再借助上帝和某位慷慨的赞助人，出版一本书。就这样。哎，到这里麻烦才刚刚开始。其实这里我们处在批评的缺席当中。如果说在 1989 年以前，当你第一次尝试发表时给你下马威的是检察机关的那些塞伯拉斯[1]的话，好歹把你排在头号切碎剁烂之后，你尚且能够通过，接下来的是批评，通常专业水平很高并相当快捷，见之于那几种文学刊物。在这里，罗马尼亚诗歌的气压表随时显示着诗歌产品的水准和质量。

革命赶走了批评家，有少数例外，来自无法攻破的批评堡垒，不少属于有争议的批评，这使得那些经常性栏目变得听天由命，很多人进入政治或其他更为生财获益的组合。出现了为数极多质量低劣或者撑死只能算平庸的书，以至于那些好书也被淹没在汹汹市场当中。老的批评权威，正如我前面强调的，除很少的例外（格奥尔基·格里古尔库、阿列克斯·斯特凡内斯库），不再发声，新人刚刚开始站稳，

---

[1] 守护冥府入口的怪兽，类犬，长着三个头。

213

用一个 90 年代后革命时期时髦的字眼说，我们处在一种批评的"权力真空"当中。批评的缺席不仅让一些低劣的书（它们不论怎样也会出现）面世，而且带来风险，让鉴赏能力不高、单凭评论家的判决去选择自己阅读方向的读者失去颜面。

无论如何，有或没有批评，诗歌都继续着自己充满风险的旅程，它起始于久远的年代，带着同样的高傲，会绵延不绝，只要大地上有一个诗人尚存。

——《批评缺席的诗歌》

(*Poezia în absenţa criticii*, 1997)

※

第一个问题大概是缺少哲学的诗歌是否能够存在？接下来，在它降生的时候，除了摩伊拉①（拉刻西斯、克洛托、阿特洛波斯）遇到这样的事件总是出现之外，是否还有一位哲学女神在场呢？从希腊和罗马神话中可以肯定地知道那九位女神，她们当中让我们感兴趣的是抒情诗女神优忒忒，爱情诗女神依蕾托，毫不逊色的悲剧女神梅尔珀弥妮，叙事诗和雄辩女神卡拉培，喜剧女神塔利亚。可是哲学的神或女神又在哪里？不论是希腊人还是古代其他民族都没有尝试将诗歌和哲学这两个概念置于一种很紧密的联系。

浪漫主义者们最先提出将这种关系理论化。诺瓦利斯认为"诗歌构成哲学技术的一部分"——注意！——是一部分，但不乏意义。他还断言："诗歌是哲学的女主角。哲学将诗歌提升到原则的地位。它向我们展示，诗歌就是全部。"

为了越过时间更深刻地支持诺瓦利斯的这些断言，我们援引海德格尔的随笔《荷尔德林与诗歌的本质》，其中认为"诗歌不仅仅是陪伴存在（Dasein）的一件首饰，不仅仅是一种暂时的亢奋，更不是一种激情和一次随便的聚会。（注意这里与亚里士多德《诗学》中的思想和视角相近）诗歌是历史的传载根基，因而绝非一种文化的普遍现象，更非'一种文化灵魂'的简单'表现'"。

然而，是诗歌需要哲学，还是哲学需要诗歌，还是它们可完全自主、独立、一方彻底漠视另一方的生命而存在呢？

① 古希腊神话中的命运三女神的总称。

很难给出一个最终的回答，但是可以肯定，诗歌是精神的最高表现形式，不大可能就这样，在思考、形而上和不言而喻的哲学缺席的情况下存在和留存。因为正如诺瓦利斯所说："可以从自身理解，在文化的任何更高的阶梯上，诗学都是一种重要工具而诗歌是一种高级创造。"

——《诗歌与哲学》

（ *Poezie şi filosofie*, 1997 ）

※

我们很难相信，没有上帝的诗可以存在。这就如同谈论卑劣小人的时候，说他是一个没有上帝的人，或者说，他没有任何上帝。因此在谈论一首糟糕的诗——实际是非诗——的时候，我们会说我们面前是一篇没有任何上帝的文字。总的来说，能够有什么缺少上帝的东西存在吗？——从生活的事实，也包括艺术作品，到没有其存在精神就如同死亡的诗。对这个拷问，我们很少可能发现肯定的回答。诗歌和上帝这两个实体，只能是共存互现，相得益彰。

另外，诗人写作如同为唯一的读者写作：上帝——完美的创造者——他晓得自我，因此他并不写诗，但任何时候都能够写诗。他是伟大的审判官，正如塔索[1]所言：Non merita nome di creatore, se non Iddia ed il Poeta（只有上帝和诗人配得上创造者这个名字）。

① 塔索（Torquato Tasso，1544—1595），意大利诗人，文艺复兴运动晚期的代表。

——《诗歌与上帝》

（ *Poezie şi Dumnezeu*, 1998 ）

※

如果绘画是心灵的一面镜子，就像勒内·于热[2]所说的那样，雕塑可以是以三维的形式对心灵的具体化，如果我们面对的是一种周期性改变自身形式和定位的动态具体化，我们可以肯定地说它也具有一个时间的方面。

……

② 勒内·于热（René Huyghe，1906—1997），法国艺术史家和艺术批评家。

① 原文 *mimesis*，意为（文学艺术创作中的）模拟、模仿。

在《作为模仿①的诗歌和绘画》一文中我全面介绍了应用在绘画和诗歌的区别层理论。放到一起来读，它们对三类艺术之间存在的关系给予一个互为完整的视角。

我们今天的雕塑，当然，相对古代雕塑而言，通过其最重要的代表人物，达到了一个新的阶段。"在这里，灵魂和内心成分被悦其者用某些辞格加以表达；但无论如何不是个体性，而是某种整体性——即属于中间段的某种东西，不是普遍的人性，而是典型性。"这位美学家②援用罗丹的《思想者》为例。

② 指原文中提到的德国哲学家尼古拉·哈特曼（Nicolai Hartmann，1882—1950）。

无论如何，尤其在现代雕塑中，我们看到了对一些诗歌地域的攻占，或许，在这个世纪的门槛，现代主义者们还未曾想过。我们看到的是一个奇特的过程，让人不乏喜悦和惊奇，其中现实的物质想要尽可能诗性、尽可能理想化地自我表达，并为之努力，经常成功赋予诗歌以物体。如果我们仅仅停留在布朗库西③，而不是具体化的诗歌的话，《吻》或《神鸟》又能够是什么呢。

③ 康斯坦丁·布朗库西（Constantin Brâncuşi，1876—1957），罗马尼亚雕塑家，《吻》和《神鸟》是他的代表作品。

——《诗歌及其具体化》

（ *Poezia şi materializarea ei*, 1999）

※

④ 乔治·克林内斯库（George Călinescu，1899—1965），罗马尼亚文学批评家和文学史家，小说家和剧作家。

G. 克林内斯库④认为建筑是除了诗歌和音乐之外最纯粹的艺术之一，这是因为"它创造了一个超自然，并且，为了不错误地理解理想化的意思，还在自然界中间创造了一个反自然。"建筑服务于一些实用目的，它们本身与美没有交集。即便在效力于一些崇高目标的情况下，从寺庙和教堂的修建，到各种各样的宫殿或艺术机构。对前面一类来说占优势的是宗教仪式，对宫殿来说是富足，是政治强力，最后一类是在艺术功能（戏剧、歌剧等）方面的适应。不用说还有普通的民居，实用目的尤其显著。米尔恰·埃利亚德⑤在谈到古人的屋舍时，没有仅仅将其视为"一种居住的手段，而是古人想象和制造的全部。任何一所古居在祭台上的开口对应的都是宇宙穹顶中央的那只眼。庙宇——如同屋舍——同时代表着宇宙和人体"。

⑤ 米尔恰·埃利亚德（Mircea Eliade，1907—1986），罗马尼亚小说家和随笔作家，世界宗教史家。

毕达哥拉斯—柏拉图的美学，在古代应用于"空间艺术"的时候，将人体作为向建筑师推荐的谐调基础和模式。庙宇，在这种美学看来，是宇宙和人之间以神秘关系存在的联系，是中世纪在宏观世界—微观世界中的变形。

……

音乐和建筑是艺术的纯粹表现。假如音乐仅仅是时间、时长，建筑就只能是空间、线条、体量、角度。

在阿尔瓦·阿尔托[①]看来，"建筑是从没有价值的砖石向其含金重量的嬗变"。

《约翰福音》告诉我们："词语最初与上帝同在。"通过类比，在空间艺术方面我们或许可以说：砖石最初与建筑师同在，建筑师与建造者同在。

对于诗人来说，语言的砖石是词语。它们是产生诗篇的砖石。对于建筑师来说，让庙宇结成整体的词语是砖石。

——《诗歌与建筑》

（ *Poezie şi arhitectură*, 1999 ）

※

在我上学之前，曾被问到想当什么，我率真地回答说：天文学家。在那个年龄，星星、天空对我来说是一种值得去探索的奥秘。对它们的破解可以给我在浩瀚无际的天空展翅翱翔的感觉。直到今天，我也无法弄清楚那时是什么促使我有这样一种选择。作为生活在乡下的孩子，没有信息手段，没有家人能够指导我了解天文，在五六岁的年龄自然也没有这方面最基本的知识，很难解释而且永远都将是个谜，我为什么会有那样的兴趣，直到今天也没有失去对宇宙学的喜好。我读了大量这方面的专书，我想对于诗歌也不是没有益处。

当我学习字母表的时候，我开始在几个小本本上写一种日记，我以自己的目光，一丝不苟地记下当天的重要事情，类似：我和妈妈去裁缝埃廖诺拉大婶家玩了，她用点心招待了我们，等等。不幸的是，这些文字都丢失了。这些日记本可以提供一个很好的心理分析机会，或许还可以成为文学史料。不管怎样，浏览这些日记只能会让人感到妙趣横生。过了一段时间，我放弃了这种练习，但并没有放弃浓厚的读书兴致。自从我学会了阅读，我就是图书馆最忠实

[①] 阿尔瓦·阿尔托（Alvar Aalto，1898—1976），芬兰建筑师，现代主义建筑的奠基者之一。

的读者之一。我记得，我曾在不同学校、不同地方辗转就读，在内格雷什蒂上学的时候，大概是小学二三年级，我听到喇叭里念到我的名字，我被评为地区图书馆的先进读者；应当记住的是，那个小镇，今天已经是城市，当年是区的中心，设有广播站。那时我们住在一个筒子房，主要大街旁边都是那样的屋子，一家紧挨一家，当你从火车站过来的时候，会感到就像进入了电影里经常表现的19世纪末美国西部的某个城市。于是乎，稍稍再多想一下，你会在任何时候遇到出现的枪手，听到枪声等。幸好，小镇上从未发生过这样的事情。

我们住的筒子房挨着的一个房子那些年是图书室。因为每次只能借给我两三本书，而我读得很快。从那时起，我就必须勤奋地跑图书馆。夜晚躺在床上，我睁着眼梦想能够在连着的墙壁上开一扇秘密的门，让我能够进到那个书籍的圣所，让我安静而惬意地去读任何一本书，而不受任何数量的限制。当然，早晨在图书室开放之前，让我能够不留痕迹地从同一个门返回。在幻想中我为自己寻找着能够不受限制地读书的渠道，但也有真正的噩梦，就是由于沉浸在阅读中，有可能早晨被图书室的工作人员发现。这些脚本没有让我少费心思，直到图书室因为缺乏藏书空间，而被搬到一幢被房主遗弃已久的建筑里，才算停止。其间我长大了，上了中学，图书馆的阿姨们认识了我，常去借书的我得到了她们的信任和厚爱，可以每次借10本至15本书，并且特准我直接到书架挑选。就这样，有好几年我都是那座今天仍在开放的老图书馆的热心访读人，一直到高中毕业。

但是，在写作方面，实际上我停止了。或许是我本能地感到需要尽可能丰富和全面地积累文化知识，而阅读，在缺少一种合适的环境和一种可能的永恒模式（我称它是古鲁[1]）时，就成为唯一的机遇。在阅读作品之前，我采取了G.克林内斯库提倡的方法。我尽可能地浏览世界文学的全部名家名著。我想我有点像乔瓦尼·帕皮尼[2]《一个没有希望的人》中的人物。尽管当时我没有再去涂抹纸页，我还是保持着从童年就有的那个信念，我将写作，会出很多的书。高中的时候，大约从17岁起，我就梦想能做一本杂志。这个心愿得到了"发展"。上大学以后我看到在当时生活的体制下没有任何机会能够做一本自己的杂志，于是便满足于暂且做个编辑。参加工作以后——按当时的话讲——这种虚幻的希冀渐渐在我心中灰飞烟灭。为了让我少年的梦想变为现实，需要一场革命。

[1] 原文 guru，指印度教或锡克教的宗教导师或领袖；大师。

[2] 乔瓦尼·帕皮尼（Giovanni Papini，1881—1956），意大利诗人、小说家、政论家。他的自传体小说《一个没有希望的人》在欧洲流传甚广。

我从小的时候就知道，自己被预先安排从事写作，就像依照康拉德·劳伦兹[①]的观念，人从出生时，就被赋予了一种遗传学和个体生态学程序。高中快结束的时候，我重新在纸面铺写自己艰难的文字。我重新开始写作，是在我感到、相信或是想到自己有某种东西要说，有某种东西属于我，值得传递给一些可能的、推定的、或许是虚幻的读者。实际上，历史总是有心在合适的时间将我们每个人放到合适的位置。

所有那些具有一分天赋，并且以诗歌的名义能够放弃虚浮，能够在没有任何确定性的文化艰辛之路和福利幻象之间进行选择的人们，都可以容纳在文学，尤其是罗马尼亚文学的天空底下。正如拉丁古语所言：*Per aspera ad astra.*[②]

——《以诗歌的名义》

（*În numele poeziei*, 2000）

※

谁人不知诗歌始终挣扎于悲剧当中。在那些多少了解一些事情原委的人当中，又有谁不明白，真正的悲剧是那些聚集在诗歌里的词语无法恰如其分地再现诗人内心的激荡、神圣的战栗，再现其思想和灵魂的全部财富。

显而易见，诗歌的结构就决定了它是一种冲突性作品，一种由于诗歌和它赖以提升的词语之间的斗争引发的经常性悲剧。

诗歌本身是悲剧性的。它表达的总是一种冲突，经常是潜在的，有时在初次阅读中难以察觉；往往是阈下意识的并且更具有爆炸性。诗歌是最高层次的抒情，它在生活戏剧中起着合唱队的作用。

——《诗歌的悲剧》

（*Drama poeziei*, 2000）

※

诗人属于少数仍然认真对待语言的人，对于他们来说，语言不同于那种惯常的、虚假的、没有生命的信息交流，不同于那种俨如浩瀚汪洋的无动于衷，意义空缺的词语可以在那里从个体到个体涵泳——那是灵魂死亡心智枯竭的地方。对于诗人和神学家来说，词语仍有意义，有生命——他们仍还相信：人类最初就有语言——活的词语，永恒真理的词语。

——《活的词语》

（*Cuvîntul cel viu*, 2001）

※

所有专注于诗歌，尤其是它的最高形式抒情诗的人，都试图让我们明白诗人的真实生活与其诗歌表达之间的断裂。

诗人的痛苦与欢乐只是一个可能的起点，假如他们如此这般地转述，就不会超出一种过于注重心理因素的、充满概念的、观察性的描写，而且不幸的是，几乎完全缺少抒情的震颤。

……

有很多糟糕的诗句是心怀好意写的，它们充满热情和希冀，但并非为诗。自古以来，很多好诗是在冷静中、带着距离并通过智慧书写的。感觉不是全部。我们所有的人都可以像莎士比亚那样去感觉，但又有几人可能与其比肩或接近呢？对于诗人来说，当他在纸上铺展自己的字句时，更为重要的是他能够在读者中唤起的那种状态，他能够在何等强烈的程度感动读者，而不是让诗人激动的各种情感本身。

通过任何诗篇都可以构建一种表象，它获得的是读者给予它的意义和本质。

诗人会通过任何方式来设法掩饰诗歌的真正发生，这是首要的起因。保尔·瓦莱里在他的《笔记》中认为，那种关于诗人在诗中表达自己的痛苦、伟大和憧憬的说法，是一个谈论诗人的陈旧玩笑。只有对于那些庸俗的诗人，这才可能是真实的。显而易见，诗人建立的是一个完全不同于纯属诗人个人天地的世界。

为了补充论证一个事实，就是诗歌与生活的真理没有任何关系，它不过是艺术世界里真理级别的谎言，我们来援引福楼拜，他在给女友路易丝·高莱的一封信里讲："你问我，我给你寄去的那几行字是否为你而写。你想知道是给谁的吗，醋坛子？不是给任何人的，不过写写。我总是让自己停住，不要把我的什么东西放入我的作品，然而却放了很多。我一直努力不去为满足个别的人物而降低艺术。我写过许多充满亲热的篇章和滚烫的纸页，然而自己却没有任何的热血沸腾之感。我虚构想象，重新回忆和调配组合。你读到的字行不对应任何一段回忆。"

有什么能比诗歌的谎言更为真实呢！？

——《诗歌与谎言》

（*Poezie şi minciună*, 2002）

※

诗人，不过是要通过他们的诗歌来感动人，而诗人的伟大之处，保尔·瓦莱里告诉我们，只有一点，"借助词语去抓住那些在他们的精神里仅仅被隐约看见的东西"。

诗歌并不讲任何东西，而仅仅给予启示。不论我们在诗歌中发现多少谎言（如果冷静研究的话我们还能发现什么比隐喻更大的谎言？！），不论包括多少拐弯抹角、深藏不露、写入密码、非理性表达，诗歌总是在突出表现有生命的灵魂真实。对于歌德，成为诗人的机遇是"由活的感觉和对其表达的能力"来提供的。

真正的诗歌创造是一种鲜活生命的最合适的表达方式，同生命相辅相成。

不论那些排列在诗里的东西是多么真实（或是）虚谎，诗歌都应当责无旁贷地充满生命力，进而也肯定是真实真正的。

——《诗歌的真理》

（*Adevărul poeziei*, 2002）

※

相对于其他艺术来说，诗歌的不同之处是，它使用一种本身即为人类精神创造的材料，也就是我们每天用以交流的普通语言。这种语言被诗人置于一种精神化当中，增强其能力，将其明显不同于普通语言。正如利维乌·卢苏①在《抒情诗的美学》中说明的那样："诗歌是语言的艺术，或更确切说，是通过语言创造的艺术。"诗歌的魅力不取决于读者附加的各种可能的形象，而仅仅取决于隐藏在语言中的意义，那种"只有通过我们适应诗人的表达方式才能发现的意义"。

词语在诗歌中作用，众所周知，永远都会是本质性的，它不会缩减为一种单纯的符号。没有词语就无法体现思想，因此如果有人抱怨自己有思想但找不到词语来表达，我们可以肯定他并没有思想；词语在诗歌中也具有同样作用。细微的区别是诗歌语言有其源泉，它喷涌的幽深之地只有诗人的灵魂能够探启。诗歌语言有着一种存在功能，它不仅再现而且准确地表达诗人的内心态度。词语不是简单的中介，而是意义的载体。

在贡多尔夫看来，语言是诗歌的灵魂之血。亦如利维乌·卢苏提醒的那样，词语在诗歌中不是意义的接受者，而是意义的给予者。这位克卢日的美学家向我们解释说，也正是由于此原因，意义取决于词语，它不能被一个类似物替代，最终结果是一首诗不可能完美地从一种语言被翻译成另一种语言："词语的替换意味着原始意义的替换。"

诗人总是被语言的力量统治和引领，只有借助它诗人才能创制诗歌。语言有两个基本功能：一个是魔法，一个是逻辑，这两种功能标志着诗歌的演进。

　　……

抒情诗人的使命是将各种词语用于一种与其保持自身概念作用的通常意义在趋向上完全相反的意义。为完成一个真正恒久的建构，诗人有义务遵守他用以工作的语言精神，成为其忠实的俘虏。他将用自己的手段战胜平常的语言，将日常的概念性语言锻造成一种引发联想、为其内在魔力所浸润的语言。

伟大的诗人都不否定语言的规律，而是打开新的窗户，开辟尚未探索、充满形式和魔力的道路。一般来说作家，尤其是诗人，都是他们用以自我表达的语言的俘虏。语言是诗人的囚牢。在这个空间里，诗人必须用得到的天赋和具备的知识，在自己词语的囚牢范围内建构诗篇。他在一个特定的语言空间表现自我，这个空间与生俱来或被他采用，被限制在它的无限当中，服从于一种分布地域，是径直移动的，任何时候都能够扩展（对新词的求助），但同时也能够消退。

总之，诗歌和诗人用以自我表达的语言在出生的时候就是民族的，抒情诗歌能够被转换到另一种语言并保持相同的价值高度的机会也因而减少，直至归零。

诗歌是语言的俘虏，如同诗人是词语的俘虏。语言对于诗人，如果我们用诺伊卡^①的话来表达，就是一种打开的闭合。

① 康斯坦丁·诺伊卡（Constantin Noica, 1909—1987），罗马尼亚哲学家。

——《打开的闭合》

（*Închiderea care se deschide*, 2002）

※

幻想可以是也经常是通向抒情诗的一扇绝好的大门。什么是幻想？是我们在梦与现实之间飞翔的地方。是相对于现实的分离状态——按照词典的定义——是在清醒和做梦之间思想的过渡状态。心理学词典补充说："主体，被从外部世界转移，它对于外部世界仅有一种模糊的意识，它让自身被一种形象和思想流所驱动，更多地听从各种情感而非逻辑的动机。"我们就停在这里，后面介绍的是病理学情况，不在拙文关注的范围。

……

幻想还可以是一种途径，让你远离那种被日间的逻辑统治的经验之我，下沉到原始之我的源泉，从那里可以产生诗歌的情感。幻想可以是一种方式，它以抒情诗的升华，治理和排遣内心的苦闷、灵魂的胡乱漫溢。

诗歌呼唤人幻想，你可以通过一种精神的而非具体概念（观念）的心灵触摸，看到并认识它的光彩。诗人施以劳作的物质是语言，总之诗歌形象的基础是词语的内在结构。利维乌·卢苏告诉我们，"原始词汇的晶化，取决于诗人成功截获的词语"。诗人向词语要求一种更为深刻的意义，尽可能贴近那些萦绕其脑际东西的意义，同时创制那些让我们反应强烈感动至深的直观形象。

只有当你通过幻想、思考、深刻的体悟为其准备好心灵的时候，灵感的女神才会光顾你。诗篇的诞生过程敏感而细腻。在抽象思维和具体想象之间是一种连续的摇摆。词语的选择不是根据它们抽象、概念性的含义，而是根据它们在诗人心灵、在读者阅读时能够产生共鸣的力量。诗人，在他的劳动中穿越的是一条发现词语本源的逆向道路，词语被重新加载了古老的优能，与其他同样经推敲后被置于诗句中的词语结合，诗篇的建构也将由此开始。

幻想作为意识之光，在我们各种焦虑不安的深处，在未经探索的心灵角落，给我们以机遇，那正是古往今来产生伟大诗篇的地方。

——《作为意识之光的幻想》

(*Reveria ca lumină a conştiinţei*, 2003)

※

对于物质及其形态，世界上几乎所有的哲学家都在大量的场合和书页中有所论述。罗列他们的名字和观点无大必要，在那些观点中，物质占有一个位置，有时居中，有时又处于边缘。具有不凡能力、专注于发现终极真理的哲学家和神学家们，以完全具备的资格对此耕耘，然而在这些致力于形而上学的哲人中，又几乎无人有兴趣去发现，支撑并高扬自身美妙的诗歌，去发现它诞生于何种物质。

……

诗歌的物质是一种不可言喻的东西，诗的肉是一种虚幻，诗的骨架是一个精灵，如同 Ariel[1]。在朗读诗或聆听诗的人的心里，诗又是多么在场、多么富有生命力地展现着自己。

诗歌在看不见的物质中起作用，改变着宇宙中的混乱。

——《看不见的物质》

(*Materia cea nevăzută*, 2004)

※

诗歌永远是开启宇宙和生命的钥匙。通过诗歌打开的大门我们

----
[1] 莎士比亚剧本《暴风雨》中的名字，意为"空气般的精灵"。

看到自己活的灵魂。

——《需要人付诸生命的事情》

（*Una cu viaţa omului*, 2005）

※

重要的不是生命的长度（无论如何它也会短于我们的期待），而在于它的质量。

在叔本华看来，那种让你感到惊奇的力量是显示形而上学精神的符号。死亡是最令人诧愕的平庸事情。

沿着帕斯卡尔的轨迹，我们要就存在胜过虚无的事实自我拷问。他还说："我感到自己本来可以是根本不存在的……因而我，那个思考的人，我不会存在，假如我的母亲在给予我生命之前被杀死的话；总之我不是一个需要的生命。"

生命是一次机遇，是一份礼物，我们没有要求它，没有期待它，而收到它是为了用我们的业绩让它变得高尚。留在我们身后的只有业绩，它们让对我们的记忆流传。我们是唯一且不可重复的，我们的出生是一个孤本，我们在漫长的生命中都在学习死亡。

我们可以说：我过去不相信可以有朝一日学会死亡……但是每天每时我们都在学习，每个瞬间、周围人的每一次死亡在教我们，让我们懂得自身的意义。

在我们的路上，诗歌是一位伟大的老师，它教会我们死亡及身后的东西，它是关于死亡的伟大著作，是对抗和承受无可避免的分别的教科书。

诗歌是我们反击虚无的胜利。或许是唯一的胜利。

——《我过去不相信……》

（*Nu credeam s-nvăţ...*, 2005）

※

从葡萄酒的心脏倾泻出的是抒情诗的钻石。这里闪耀着激励和爱情的梦想，它们不可分离，通过圣餐被给予人类。从葡萄酒的心脏里绽放着诗。

——《葡萄酒的心脏》

（*Inima vinului*, 2006）

※

　　文学的意义和功能显现于隐喻和神话，后者是连接诗歌和宗教的桥梁。诗歌在持续表现着自我，按照埃里亚德所讲，它应当成为*活的神话*，我们渴望的神话。神话的终结与诗歌的熄灭会同时发生。诗歌的消亡等同于人类的精神死亡。在神话与诗歌同质同体的地方，正如圣餐上的葡萄酒和面包，灵魂在绽放。

——《神话与诗歌，或对真实的渴望》

（*Mit și poezie sau însetarea de real*, 2007）

※

　　诗人不应当直白地展示春天，而应当暗示，应当创造春天的状态，为的是不离开诗歌那片富有魅力的意域。

　　诗人不是要告知一种思想或一种状态，而是要在读者心灵中创造和暗示那种思想、那种状态。从暗示性的云雾中飘洒的是滋润诗篇的意义之雨。暗示性所洞开的是解读之门。有多少读者就有多少种文本的阅读。暗示是诗歌的一种首要特性，文本的阐释也因其而具有多价性。

——《暗示，诗歌的一种特性》

（*Sugestia, un atribut al poeziei*, 2008）

※

　　日常的交流对各种含糊的表达是极力避免、尽可能拒绝的，这是排除对传递的信息产生背离初衷的理解的途径。

　　日常讲话的含糊表达很少是有意的。当它有意为之的时候，要么模糊，要么晦涩，要么常常隐藏信息发出者的真实意图。在文学中，尤其在词语的语义能力达到最大化的诗歌中，情况又不相同。在诗歌中，从古人到当代人，在诗歌语言中词语具有多义性，对读者起着一种晦涩的或是充满想象的启示作用。诗歌语言力求感染人，它借助暗示，利用敏感性，而较少或完全不用通常的逻辑。根据含糊性在诗歌中的一贯表现，它可以被认为是诗歌语言的本质。

　　……

　　含糊的表达以其性质要求读者对词语采取一种诗性的态度，去感知词语的语义繁多性，尤其要通过本能和感情，而少些或完全不凭理性。

　　在读者的心灵中，含糊性就像一种能够带来丰产的怀疑，让读者解读、弄懂诗歌中的某个或某些隐喻。

——《诗歌语言的含糊性》

（ *Ambiguitatea limbajului poetic*, 2008 ）

※

　　当代诗歌中经常求助于影射，它出自一些先前在抒情诗中实际被禁止的领域，从生物学或数学，到力学、解剖学、物理学或医学。它是一个补充的论据，指明这种多词语中的比喻、同样还有读者必须服从的知识要求，都在当代诗歌中起着支配作用。为了进入诗歌，除了敏感，读者还需要一种相应和坚实的文化信息。

——《影射，多词语中的一种比喻》

（ *Aluzia, un trop în mai multe cuvinte*, 2008 ）

※

　　诗人处于一种双重境地，他像我们当中的任何人一样体验情感，动情地参与有诗歌意义的事件，但同时也注视着情感，在诗歌创作的时刻积极介入其中，尝试对它超越，赋予它艺术上尽可能恰当的形式，一种有意义的指向性形式，以此对它传播，这是一种间接传播，通过暗示，通过借助各种能够恰当表达心灵各种各样活动的抒情形式，正是这些活动感染抓住了读者。

……

在所有古老或新近的美学著作中，也包括在全部伟大的诗歌中，我们将意识到不可阻挡的、迫切需要的情感存在。诗歌缺少从中萃取意义的激情，就无法有模有样。

——《情感，抒情的本质》

（ *Sentimentul, esență lirică*, 2008 ）

※

诗歌，在穿经词语海洋的冒险中，以其主导力显示，它是一扇确保我们走出混沌的大门。

——《走出混沌》

（ *Ieşirea din Haos*, 2009 ）

※

诗歌打开万物的神秘之魂，触发敬畏之心，排除各种焦虑，把它们变得昏暗模糊。

……

诗人做的只有交流，努力捕捉世界，发现其意义。

诗歌，作为神圣之言说，是通向救赎的路，是反抗虚无的胜利。唯一的。

——《神圣之言说》

（ *Rostirea sacrului*, 2010 ）

※

　　诗歌是包裹爱情和死亡的衣服。诗歌的意义和祈祷的意义都被
包括在同样的没有言说的有用性当中——关乎无用性的帝国。

　　倘若语言的字词不具体表现在诗篇，那么语言又有什么意义！
正是通过诗，词语从日常生活上升到高雅的状态。当词语组成的分
散舰队行进于混沌，从中降生了一个新的宇宙，一个重现精神的新
世界的时候，诗歌的意义便得到彰显。诗歌的作用是向世界重施魔法，
陶冶灵魂（于神话世界），让现实达到神圣化的高度。

——《诗歌的意义》

（ *Rostul poeziei*, 2010）

※

　　当我们读一首诗的时候，我们便服从于一种语音（正如我们聆
听用声音朗读的时候，用内耳或外耳对它的感触）和意义之间的持
久摇摆与无穷尽的犹豫；如同受魔法操控而永续不断的意义，仅仅
是披上了抒情的外衣。任何将诗歌转换成散文的企图都会将它扭曲，
而且实际上毁损诗句的全部优美。

　　在每一次阅读中我们都不断发现新的含义。每个读者都有自己
的感知栅极。即便是同一位读者，在一次新的阅读中也会识别出其
他意思，而诗人对此却从未想到……

　　诗人，在其诗句中，要同语言的日常习惯进行顽强战斗，日常
习惯具有一种概念目的，要严格地交流一些信息，来树立自我（遵
守语言精神——坚定地留在语言的框架内）并同时宣示涉及内心之
我的直觉意义。

——《寻找意义》

（ *În căutarea sensului*, 2010）

※

诗歌的最初表现形式要求词语、声音和姿势之间的对应。诗人是一位具有灵感的人，一位 poeta vates[①]，经常在里拉琴或其他弦乐器的伴随下吟诵自己的诗作。就这样在一片始终抱有兴趣的听众面前，朗诵着荷马的《伊利亚特》、俄耳浦斯的颂歌、大量的北欧萨迦、《罗兰之歌》、《伊戈尔远征记》、《马诺雷工匠》、圣经章节……
……

当我们阅读一篇文学文本，尤其是一篇抒情文本时，我们几乎是无意识地用耳朵聆听。我们朗读它的时候，节律和音乐性的价值得到彰显，那些在没有 viva voce[②]朗读情况下会失去的各种新的含义展示在我们面前。视觉和听觉幸运地共生在抒情的诗页上。

——《诗歌的朗读》

（*Rostirea poeziei*, 2011）

※

对于神秘主义者来说，当他们感到被上帝吞噬的时候，是伟大的升天。

吞噬诗人的是用他的心笔直接在灵魂皮肤上书写的每一首诗。

当诗人为你自我对话的时候，当你与他们的作品密切交流的时候，你可以享受到圣餐，品味诗的肉体和血，诗的创造者在诗中消失，而诗又让它的创造者幸存。

——《散尽于诗》

（*Risipire și irosire întru poezie*, 2011）

※

诗歌，如同命运跟随诗人，当他奔跑的时候与他飞步相伴，当他停下的时候与他一起歇脚，它比影子还要更多地在场于诗人的生命当中。

通过诗歌，诗人实现自己的天赋，走自己的路，履行自己的天职自始至终。

诗歌的天命就是向诗人打开前途的大门。

——《前途的大门》

(*Poarta destinului*, 2011)

※

当灵感没有光顾的时候，诗人只有等待。在任何一首诗篇诞生之后，假如灵感不复，那么我们可以认为这也是最后的作品。

在《修辞学》中，那位斯塔基拉人①毕竟指出，诗歌是某种上帝的东西，换句话说，是灵感的礼物。

很难相信在缺少灵感的情况下能有诗歌存在，换言之，未经光明照亮、闪电撞击诗人额头时写出的文本，诚如内卡河畔的诗人②所说的那样，又是否可以为诗。

——《诗歌，灵感的礼物》

(*Poezia, un dar al inspiraţiei*, 2012)

※

如果在创建诗章过程中缺少文化、恒久的耐心和坚韧，天资就会枯萎，失去自身的活力。

……

谁停留在既有的天资局限里，谁就不会超越自己有可能成为史诗作者的条件，而只会是陈旧过时、徒劳无益和空洞无实——任何一种真正激情都无法在可能的读者／听众心里振动。

……

我们有理由承认，只有不劳作的人才不会流汗，或者说，钱币的增值是通过辛勤努力获得的。

① 指亚里士多德，他出生于色雷斯的斯塔基拉。

② 指出生在内卡河畔的德国诗人荷尔德林。

从诗句到诗境的长途旅行要穿经全世界的伟大文化。

——《从诗句到诗境的长途旅行》

（ *Lunga călătorie de la vers la poezie*, 2012 ）

※

从柏拉图和亚里士多德的时代开始，到当今众多的继承者都把诗人看作一位有灵感的人，一个以无意识或半意识状态将其得到的天赋倾泻于诗歌的人；那种倾泻好似山泉，犹如落雨，一切属于自然界的产物，就像春天里的绿叶生长在树木。

……

稍稍对蜜蜂生活熟悉的人，都能意识到一只蜜蜂每天要付出何等辛劳、多大的力气，经过数千米的飞行，从一朵花到另一朵花，之后再返回蜂巢，才能将采集的花粉加工成蜜。

……

不付出辛劳掌握一种高深博大的文化就不可能写出一首真正的诗。

野海棠树长果实，帕尔曼金苹果也一样长果实，但是它们之间又是何等的差异！这两个品种都通过神性的力量和意志自然生长在这片土地。第一种野海棠生长在任何地方，不用人管就可以长出小酸果。而帕尔曼金苹果的背后却是大量农活儿，到它长出金黄香甜的果实要付出长期的辛劳。诗人也是如此，如果不与一种博大的文化嫁接，就只能产出野海棠果般的诗歌。在诗人为掌握文化付出的辛劳中，我们看到了诗歌未被认知的根基，闪亮可爱的帕尔曼金苹果般诗篇的诞生。

——《辛劳，没有辨认出的诗歌根基》

（ *Truda, temeiul nerecunoscut al poeziei*, 2012 ）

※

诗歌，为了出生，要求诗人对不可能性加以作为。为了用不相干的动词，用不同的声音和多重隐藏的含义表达自身的情感，诗人需要用其全部天赋和积累的作诗学识来锤炼自己的诗作。通过诗歌来部分地打开那扇朝向不可能性的大门。它给我们机会让我们隐约看见、感知到未见的东西。

——《我将在哪里找到词语……》
（ *Unde voi găsi cuvîntul...*, 2013 ）

※

诗人对偶然性是唯其所重视的，他必须懂得利用这种偶然性来构建诗章；这是一门学问，后面藏着很多对抒情手段的创制、排除和统摄力量，这些手段在诗歌不确定性的广阔原野上极其容易挥发，我们是踩着架在思想深渊上的绳索，在穿经这些不确定性旅行。

——《诗歌的不确定性》
（ *Incertitudinile poeziei*, 2014 ）

※

诗从诗人的笔端流溢奔泻，是向他人展示自我的一种心灵需要。

诗诞生在作者的笔下出于一种偶然，不是诗人寻找偶然，而是偶然找到了诗人，还有一缕微风、一个词语、一种声响、一次眨眼、雾中的路，等等，由于需要而强加于诗人的如此多的偶然。正如瓦莱里说的那样："一首诗、一种非凡的思想，是词语平常流淌中奇特的偶然。"

诗是诗人可以凭直觉感受但无法给出回应的一种需要。

在各种精神需要当中，不能缺少的是诗。通过诗可以发现通向无法表达事物的路径。诗是窗户，透过它你可以看到自己的灵魂，诗在其中可以发现自己的完整需要。

——《诗，一种精神和心灵的需要》
（ *Poezia, o necesitate a spiritului, nu mai puțin a sufletului*, 2014 ）

※

诗人，如同西西弗，搬起语词的巨石，将它滚向诗歌的险峻山巅。这些词语带着一种荒诞的喜悦返回到日常语言的怀里，在那里以拒绝隐喻的态度自由自在地表现。诗人反复不停地将它们推高，为的是像砖石一样把它们放置在诗歌的穹顶，凭着顽强的毅力，直到死亡结束他的创作。荒诞是创造的基础。

——《作为创造基础的荒诞》

（ *Absurdul ca temei al poeziei*, 2014 ）

※

对于很多诗人来说，诗歌即便在意义缺失的情况下也有自身存在的理由。意义的断裂是一种以增加诗歌强度为最终目的的可能。

……

在诗歌中为了抒情的无意义而拒绝日常意义，是通过多义性开放得到的一种丰富。

——《诗歌与拒绝意义》

（ *Poezia şi refuzul sensului*, 2014 ）

※

通过推论，我们有理由肯定地说，放弃语言作用的诗歌并没有采取别样的做法，正如在努力修复创造时几何学在数学作用方面的表现一样。

画板上的直线只能用直尺来画，服从于几何学的严格要求，而诗歌中一条这样的线要用手来画，以恰好跟随那些永远崇高和神圣的生活振动。

——《诗歌，崇高和神圣的几何》

（ *Poezia, geometrie înaltă şi sfîntă*, 2015 ）

※

抒情诗，从中认识我们灵魂的全部斑斓和深度的一门科学。

——《一种别样的认识》

(*O altfel de cunoaştere*, 2015)

※

虚拟空间是一个极其慷慨的地方，在那里我们可以看到产出过剩的博客；只有不想的人才不开写自己的博客，来表达自我来显示自身的存在和重要，表明自己可以实际融入社会。

……

如期所料，不缺关注文学的博客。

我们发现，至少在意愿的层面，各种网络日记的运行在博客界的良好配位，对于一种活跃的、进入公共舞台、在该领域为权威杂志自然引领的文学代谢来说，真不是一件太有意趣的事情。

博客所保证的只是交际和印象的虚幻，我们感到是在一起，但实际上，是愈加分离——交际仅仅是虚拟的，无需责任，没有直接的牵连。对于一些"行尸走肉"、一些不道德的生物的繁殖来说，是一种理想的环境。

博客界提供的是一场喧闹的表演，在那里谁也不听别人的声音。实际上，没有人喜欢对话，黏着在一起的是无穷无尽的独白，它们提供的只是交流的表象。

在博客界的这场喧闹中，有相当多的文学主题博客，但博主们很少再将这些博客提升品质，增其荣光，获得业内的肯定。

需要提出的问题是：有多少诗歌可以容纳在博客？第一种也是最快的回答是：无限的。回答正确，但并非真实。任何的诗歌制造者都可以将自己"不朽的"抒情作品布置在博客界的虚拟空间里。这里原则上没有任何的价值论性质的审查。一种此类的护栏，按照定义，只能由那些文学和文化杂志的版面来确保。对于那些敲门希望崭露头角的人来说，这里有的，是一个编辑部的邮箱，一种最初

235

的过滤，证明天才的最初征兆有效或无效。这里还有通过发表的诗歌而知名的诗人。在文学卷页的范围里进行的批评，对出版的产品进行着透视拍片，注意到抒情品质的存在和缺失。

博客和博客界现在和今后都会使一种巨大而混乱的文本集合，不幸的是，抒情性在它们当中是一支极为罕见的花朵。

正如我们不能想象在博客上阅读祈祷一样，诗歌拒绝在博客界的看台上被朗读。

——《博客界与抒情性》

(*Blogosfera și lirismul*, 2015)

※

我们可以察觉诗歌与不同应用软件之间的一种可能联系；多种程序和娱乐软件的存在，类似：计算机游戏，音乐、美术、设计等专业创作程序，它们呈侵入性的增殖，不排除一些写作、更确切说是抒情纸页写作的程序。

不久前，波士顿咨询公司明确指出：到 2025 年，在全球范围，目前劳动岗位中有四分之一将被智能软件或机器人替代。在时间刻度上，就是明天。这是一种幂次生长的趋势，机器人将在差不多所有的工业、农业、畜牧业等门类中代替人。实际中将不存在机器人不代替人的活动领域。

我们回想起特里斯唐·查拉为写诗而提出的达达主义纲领。我们援引《文学术语词典》（科学院出版社，1976）的内容："放弃了对任何艺术行为有意识的建构，达达主义者们炫耀地选择了靠碰运气取胜的彩票。特里斯唐·查拉还是在这个意义上带来解决方案的那人，他就如何达到一种词语任意结合的真正诗歌提出了建议：'拿起一份报纸，拿起一把剪刀，选择一篇文章，将它剪下，之后剪下每一个单词，全部放进一个口袋，使劲摇晃！'"

达达主义者们后来要皈依超现实主义，他们意识到，他们的文本与真正的诗歌没有关系，乔治·克利内斯库[①]在《美学原则》中对这些文本也持否定态度。

[①] 乔治·克利内斯库（George Călinescu, 1899—1965），罗马尼亚文学评论家和文学史家，作家和政治家。

① 阿佩利斯（Apelles），古希腊画家，以肖像画著名。据说他画的一幅人像，遭到一鞋匠批评，说鞋带画得不对，阿佩利斯依言改正了。可是鞋匠不知高低，又批评人像双脚画得不好。阿佩利斯对他说："你只管自己本行好了，鞋子的一切你是认识的，解剖学却不是你懂的。

② 老普利尼（Gaius Plinius Secundus，公元 23—79 年），古罗马的生物学家、百科全书作家，《自然历史》是其不朽著作。

③ 罗文：Cizmare, nu mai sus de sanda!

一种按照查拉提出的模式、加上其他配料和其他应用程序的软件，在任何时候都可以实现。不排除已经存在这样的软件。一个能作抒情诗的机器人，不是可以替代诗人吗。

诗歌一般和扼要地被定义为语言的艺术，它通过节律、和谐和意象，换言之，通过隐喻，来表达或启发一种兴奋状态、一种情感、一种思想。

我们不禁问自己，由于软件和编程语言达到的出色性能，有可能让一个诸如此类的机器人进入兴奋状态，为一片叶落、一声鸟鸣，为死亡和爱情所感动吗？！我想这不需要我给出回答。任何一个操作系统都不会成功地表达一滴眼泪的兴奋状态是由于高兴还是痛苦，还是来自与亲人的别离，来自面对一道瀑布的欣喜，来自我们人类参与的种种其他。

抒情诗可以使内部编程语言，人类通过它来表达自身本性的深处，这不能包括在任何一种软件，即便它是超智能的。机器人没有感情，也没有兴奋状态，尽管有如此多的编程人员相信并努力研创一些操作系统来生成这些系统的人性化，他们实际上是把人的本性变得贫瘠。但是，诗歌是丰富人类本性的最慷慨的资源。

套用希腊画家阿佩利斯①的话——老普利尼②在《自然历史》中讲述的——Ne sutor ultra crepidam（皮匠的谈论别超出靴子的范围！）③，我们可以说：机器人，不要超出操作系统的范围！

——《抒情性与编程语言》

（*Lirica şi limbajul de programare*, 2015）

※

诗歌艺术、诗歌语言是一种游戏，这里有它们的根，从这里它们吸收需要的能量来把这种游戏变成传播智慧、法律和道德的词语。诗歌是在世俗社会中持续培育语言的形象性，保持其新鲜和闪光的独一无二方式。诗歌的游戏特点将诗歌延续，如同一座非物质的桥梁，架在世界的社会经济严肃性和游戏不可言喻的存在之间，从游戏中诗歌为自己提取细腻的、仅仅对于相对有限的内行圈才清楚的精华。

——《我们在游戏中发现诗歌的根》

（*În joc aflăm rădăcina poeziei*, 2016）

※

没有历史感，没有对传统的掌握，要成就一部能够为我们在长期岁月中付出的精神努力建立标杆的作品，对于一个诗人来说，其达到和实现的机会是差距甚远的。仅靠天赋是永远不够的。

——《诗人与历史感》

（*Poetul și simțul istoriei*, 2016）

※

所有的革新运动都有其伟大功劳，即向传统的一种新自由打开了需要之门。只有通过联系传统，通过对其认知和承继，我们才能够实验和通向新的抒情世界。

——《先锋派，朝向传统的新自由之门》

（*Avangarda, ușa spre o nouă libertate a tradiției*, 2016）

我们的朋友和早晨的诗

——译者手记

2018 年 6 月 7 日，我收到罗马尼亚友人卡西安·玛利亚·斯皮里冬发来的邮件，告诉我他有可能在 9 月初来华参加文化交流并接受中方为他颁授的一个诗歌奖。就在那年 4 月下旬，我刚刚受他的盛邀，在他的家乡雅西参加《文学谈话》杂志节活动，想到不久可以在北京相聚，当面祝贺他获得殊荣，真是从内心高兴。

我和卡西安相识于 2001 年。那年的秋冬时节，中国作家协会接待罗马尼亚作家联合会代表团访华，需要一名翻译陪同。作协国际部的刘宪平主任联系到我，就这样一次偶然的机会，让我认识了卡西安。那次访华的罗马尼亚作家共五人，团长是罗马尼亚作家联合会副主席、科学院院士、小说家尼古拉·布雷班，代表团成员除卡西安外，还有罗马尼亚文学馆馆长、文艺评论家丹·亚·康泰埃斯库，国家艺术电影制片厂编剧、小说家约恩·格罗尚和诗人卢齐安·阿列克修。代表团访问了北京、上海、福州、厦门等城市，中国作协副主席王蒙、上海市作协副主席赵长天、福建省作协主席陈章武等分别会见了客人，周大新、叶延滨、舒婷、张烨等作家诗人与他们进行了创作交流。

2002 年的初夏，中国作家协会副主席丹增率代表团回访罗马尼亚，成员有马瑞芳、范小青、沈苇、张陵等，我作为翻译也陪团前往。卡西安和雅西的作家们以他们特有的方式热情迎接中国客人，向大家展示他们为之自豪的罗马尼亚民族的诗书之城，给人留下了难以忘怀的印象。

多年来，卡西安作为罗马尼亚作家联合会雅西分会主席，积极推动当地文学尤其是诗歌的发展，在他的发起领导下，雅西国际诗歌节已经连续举办六届，成为这个边陲古城一道亮丽的风景，规模和影响不断扩大。中国文学界已经多次受邀参加这一国际诗歌艺术盛会，北塔、雷人、舒丹丹、祁人、柏常青、周占林、张景涛、戴潍娜、严谨等一批诗人先后访问了雅西。我国《世界文学》杂志主编、翻译家高兴先生，作为国内为数不多的罗马尼亚语专家，同卡西安也是多年好友，谈文论诗，交流合作很多。

卡西安为人热情、坦诚，他同中国文学界交往多年，与不少人都建立了友情。卡西安在他主持的《文学谈话》和《诗歌》杂志上推介中国当代诗歌。2001 年访华后，选登了新时期代表性诗人叶延滨、舒婷等人的作品，近年来陆续刊发参加雅西诗会的部分中国诗人的佳作，介绍了老一代诗人绿原和牛汉的作品，以及中国作协副主席、著名诗人吉狄马加的诗和有关评论。2019年春，他又邀请诗坛名家王家新等人参加了雅西的诗歌节活动。在推动罗马尼亚与中国文学文化交流方面，卡西安算得上一个实实在在的"行动派"。

卡西安来了，他应邀来出席第三届"中国天水·李杜诗歌节"。承蒙活动主办方和《天水日报》社的安排，让我又有机会陪他去参加这次盛会。

9月初的甘肃，白天阳光依然灼热，夜晚却凉爽宜人。在素有"羲皇故里""陇上江南"美誉的古城天水，历史与人文荟萃，风情与诗意交融。短短的三四天，卡西安踏访卦台山、伏羲庙、大地湾遗址、麦积山石窟等古迹，参加"东柯杜甫草堂"的落成仪式，观感李白、杜甫在天水的历史行迹和留下的传世之作，结识了一批天水和来自其他地区的中国诗人。

9月2日晚，在麦积区翠湖音乐喷泉广场举行的颁奖盛典上，他被授予第三届"中国天水·李杜诗歌奖"的"国际诗歌奖"。评委会的颁奖辞对他的评价是："卡西安·玛利亚·斯皮里东是一位独具个性、成就卓越的罗马尼亚诗人。在他看来，诗歌就应该是朝向天空开放的花朵。神性，灵魂意识，自由精神，探索姿态，既是他诗歌的内在动力，也是他诗歌的永恒主题。他的诗简练，坦诚，质地坚硬，注重内在张力，字里行间回荡着灵与肉、人与世界的深刻对话。"

那天晚上，小雨淅淅沥沥，恰似"天河注水"。在降雨、灯光和观众的掌声中，卡西安朗诵了他的诗作，其中就有我们选作这部诗选标题的《一天早晨》。

作为诗人，卡西安有着与许多人不同的特殊经历和品格。其实，他的文学创作基础并非来自大学的文学院。他出生于罗马尼亚东北部历史文化底蕴极为深厚的摩尔多瓦地区，1969年在瓦斯卢伊读完高中，考入布加勒斯特理工学院机械系，1975年毕业后担任过多家单位的机械工程师和科研人员，发表专业论文，还获得过发明专利，但他更为突出的天赋和爱好还是表现在文学。他从1970年就开始在文学报刊发表诗歌，1985年出版处女作诗集《从零开始》，这是作者参加青春出版社组织的1979—1980年诗歌新秀赛的作品结集，出版后颇受好评，获得了罗马尼亚作家联合会奖。90年代以后，他的创作进入旺盛期，作品多次获雅西作家协会奖（1995、1997、2002），以及摩尔多瓦共和国作家联合会奖（2002）、罗马尼亚作家联合会奖（2003和2011）和罗马尼亚科学院"米哈伊·爱明内斯库"诗歌奖，被翻译成二十多种文字在国外出版。90年代是他的思想奔涌创作爆发的时期，他创办了时代出版社和《诗歌》杂志，同时接任了百年名刊《文学谈话》的主编，为他所在的古城雅西和摩尔多瓦地区延续文脉尽心竭力，燃点起一盏盏精神的明灯。

卡西安从事诗歌创作已有半个世纪，出版大大小小作品数十部，在罗马尼亚当代诗坛占有重要一席。整体上看，他的诗歌追求一种冷峻、纯粹和哲理性的生存表达，深邃的宇宙、旷远的荒原、日常的生活、微小的景致，都可以成为他抽取本真、追问灵魂的理由或意境。他的诗有的质朴坚毅，在孤独中昂首前行，反映着一种内心对困苦和命运的强烈抗争；有的又细腻柔性，触景伤情，充满对亲人的挚爱和对生死的彻悟。他注重从西方文学经典中汲取养分，为自己的作品增添思想的纵深和价值的维度，善于通过罗马尼亚民族精神核心的东正教文化，来赋予作品安详、纯净、虔敬和神圣之感。

卡西安的诗歌语言和表现形式也有自己鲜明的特色。他的诗作大部分都短小平实，语言简练，含蓄节制，同时令人回味。他的作品借鉴了"阶梯式"诗歌的优点，又创造性地加入了自己的"选项体"并列表达，读起来可以感受到作者在创作时思想和情感充沛而流动的状态，有很强的层次感、节奏感和延伸感。

罗马尼亚评论界对卡西安的作品好评颇多。罗穆尔·蒙特亚努曾写道："在我许久以来的印象中，游戏性对几代新人诗歌的侵袭，已经不可能让我们深刻地触摸到存在主义的悲剧性……然而我意识到，对于匆忙的一概而论来说，又总有些例外。其中最具说服力的例外之一，就是卡西安·玛利亚·斯皮里东所走过的整个诗歌路线。"另一位评论家格奥尔基·格里古尔库认为："阿德里安·马纽的诗歌有一种绘画般的敏感性，而卡西安·玛利亚·斯皮里东和他所属于的那类诗人，则表现出一种印版艺术的质感。"

为了让我国的读者能够直接读到他的作品，我从他多年来的主要诗集中选译了百余首，连同他有关诗歌的随笔断章，合编为册。其中除《从零开始》《没有》《永远》《在两个世界之间》等四首曾在《诗刊》2003 年 3 月下半期发表外，其他均为这次新译。由于这一年多各种事情压身，阅读和选译做的时续时断，落成文字也不免浅陋甚至讹误，还请广大读者批评教正。

承蒙中国作家协会书记处书记、副主席、著名诗人吉狄马加先生专门作序，以独到的眼力对罗马尼亚诗歌和卡西安的创作给予评价，提挈全书。山东教育出版社刘东杰社长、祝丽副总编辑等对中国与中东欧国家的文学文化交流格外重视，支持这部诗集出版；河南文艺出版社有限公司刘运来工作室为本书作了精美设计；责任编辑孙文飞也费心颇多。在这里谨向大家致以诚挚的谢意。

在修订译稿的日子里，湖北武汉等地不幸遭遇新冠病毒疫情，卡西安等一批罗马尼亚友人通过各种方式，表达他们对中国人民的慰问支持之情。这让我们再次感到，他在《一天早晨》那首诗里写的不仅仅是个人对中罗友好天佑家国的祈愿，也是许许多多罗马尼亚普通民众的真切心声。

丁　超

2020 年 2 月，北外

Prietenul nostru și poezia lui de dimineață

Din însemnările traducătorului

Pe 7 iunie 2018 am primit un mesaj de la Cassian Maria Spiridon, unul dintre prietenii mei din România, prin care mi-a spus că era posibil să vină în China la începutul lunii septembrie la un schimb cultural care includea premierea sa din partea chineză. Cu puțin timp în urmă, în aprilie același an, am avut onoarea să fiu invitat de el la Iași, la Zilele revistei *Convorbiri literare*. M-am bucurat din suflet gândindu-mă că ne vom revedea curând la Beijing și că voi putea să-l felicit personal pentru distincția ce i se va acorda.

L-am cunoscut pe Cassian în 2001. Prin toamna sau iarna acelui an, Uniunea Scriitorilor din China căuta de un translator pentru primirea în vizită a unei delegații a Uniunii Scriitorilor din România. M-a contactat Liu Xianping, director general la Relații internaționale de la USC și așa mi s-a întâmplat să fac cunoștință ulterior cu Poetul Cassian Maria Spiridon. Delegația română avea în frunte pe academicianul Nicolae Breban, prozator și vicepreședinte al USR, iar pe lângă Cassian, erau și Dan Alexandru Condeescu, critic literar și directorul Muzeul Literaturii Române, Ioan Groșan, prozator și scenarist la Studioul Național de Filme Artistice, și poetul Lucian Alexiu. Oaspeții români au vizitat Beijing, Shanghai, Fuzhou și Xiamen. Au participat la întâlniri cu Wang Meng, vicepreședinte al USC, Zhao Changtian, vicepreședinte al Filialei din Shanghai a

USC, Chen Zhangwu, președintele Filialei din provincia Fujian, au avut discuții cu niște scriitori și poeți ca Zhou Daxin, Ye Yanbin, Shu Ting, Zhang Ye ș.a., abordând diverse teme de creație.

La începutul verii anului 2002, o delegație condusă de Tinzeng, vicepreședinte al USC a întors o vizită în România și în delegație erau Ma Ruifang, prof. univ. și prozatoare, Fan Xiaoqing, prozatoare, Shen Wei, poet și eseist, Zhang Ling, critic literar și editor, am fost și eu ca translator. Cassian și scriitorii ieșeni i-au primit pe scriitori chinezi cu ospitalitatea specifică locului, ne-au arătat orașul Iași, centru de Poezie și Carte al națiunii române, cu care se mândresc, lăsându-ne o impresie de neuitat.

De-a lungul anilor, ca președinte al Filialei din Iași a USR, Cassian Maria Spiridon a coordonat dezvoltarea literaturii și mai ales a poeziei din acea regiune. Din inițiativa lui și cu sprijinul colegilor, Festivalul internațional de poezie de la Iași, ajuns deja la mai multe ediții, a devenit un peisaj încântător în acel vechi oraș din nord-estul țării, cu participare și rezonanță tot mai mari. Mai mulți poeți chinezi, ca Bei Ta, Lei Ren, Shu Dandan, Qi Ren, Bai Changqing, Zhou Zhanlin, Zhang Jingtao, Dai Weina sau Yan Jin, fiind invitați să participe la această sărbătoare internațională de arta poetică, au vizitat orașul Iași. Și domnul Gao Xing, traducător și redactor-șef al revistei *Literatura universală*, unul dintre puțini cunoscători chinezi de limbă română, se numără printre prietenii vechi ai lui Cassian, având cu el multe dialoguri, întâlniri și fructuoasă colaborare.

Cassian, de un temperament cald și sincer, a avut contacte cu literatura chineză timp îndelungat și a legat prietenii cu mulți scriitori din China. A acordat o atenție specială promovării poeziei chineze contemporane în revistele *Convorbiri literare* și *Poezia*, pe care le conduce. După vizita în China în 2001, a publicat poezii în traduceri ale unor poeți reprezentativi din perioada reformei și deschiderii Chinei, ca Ye Yanbin și Shu Ting, iar în ultimii ani a făcut cunoscute cititorilor români și unele poezii ale

一天早晨

chinezilor participanți la festivalul de la Iași, cele de-ale lui Lv Yuan sau Niu Han din generația de poeți seniori, precum și poeme de-ale lui Jidi Majia, poet remarcabil și vicepreședinte al USC, ca și comentarii sau texte de critică referitoare la ei. În primăvara anului 2019, la invitația lui Cassian, a fost la Iași la festival și Wang Jiaxin, un poet marcant din China. Deci, la stimularea schimburilor literare dintre România și China, Cassian este pe bună dreptate un important promotor cultural.

A venit Cassian. A fost invitat la Festivalul de poezie „Li Bai și Du Fu" de la Tianshui, China, ediția a III-a. La solicitarea organizatorului și prin aranjamentul *Cotidianului Tianshui*, am avut și eu ocazia să merg cu Cassian la această manifestare.

Erau primele zile ale lui septembrie. La Tianshui, al doilea mare oraș din provincia vestică Gansu, ziua soarele te ardea, însă seara și noaptea se așternea repede o răcoare plăcută. Tianshui este un oraș milenar, supranumit „Țara Fondatorului de civilizație chineză Fuxi" sau „Sudul Chinei cel îmbelșugat din Gansu", unde se întâlnește istoria cu cultura și se marchează confluențele dintre datini și poezie. Timp de trei-patru zile, Cassian și-a pus piciorul pe Colina celor Opt Trigrame, Templul lui Fuxi, Muzeul cu situl arheologic Dadiwan, Grotele Maijishan, a participat la deschiderea „Colibei lui Du Fu de la Dongke", formând-și o impresie de ansamblu asupra urmelor istorice și celor literare ale marilor poeți Li Bai și Du Fu din antichitatea chineză. În același timp s-a întâlnit cu mai mulți poeți de la Tianshui sau alte zone ale Chinei.

În seara zilei de 2 septembrie, la teatrul în aer liber „Lacul verzui" din sectorul Maiji, amenajat cu fântână arteziană muzicală, a avut loc Gala de decernare a premiilor unde i s-a acordat Premiul internațional de poezie, în cadrul celei cea de-a III-a ediții a Festivalului „Li Bai și Du Tu". În *Laudatio* Juriul a făcut următoarea apreciere: „Cassian Maria Spiridon este un poet român cu o puternică individualitate și de excelență în creație.

Pentru el, poezia trebuie să înflorească spre cer. Divinitatea, conștiința sufletului, spiritul libertății și ipostaza explorării sunt atât forța motrice interioară cât și teme permanente ale poeziei sale. Concisă, francă, de o esență tare, atentă la tensiunea în sine, poezia lui prezintă un dialog ce oscilează profund între suflet și trup, între om și lume."

Era o seară cu ploaie, la început măruntă și apoi în creștere, exact cum spune legenda care explică numele localității Tianshui – „Apa din Cer". Pe scena luminată feeric, în ploaie și aplauzele publicului, Cassian Maria Spiridon a recitat din poeziile lui, una dintre ele fiind aceea al cărei titlu apare pe coperta volumului de față.

Ca poet, Cassian a avut o experiență de viață spre deosebire de alții, cu amprente și în temperament. De fapt, bazele pentru creația literară nu i s-au format la facultatea de litere. El s-a născut în Moldova, regiune din nord-estul României, cu o tradiție bogată în istorie și cultură. După terminarea liceului la Negrești-Vaslui, a intrat la Facultatea de Mecanică a Universității Politehnice din București pe care a absolvit-o în 1975. Angajat ca inginer mecanic sau cercetător, a lucrat în întreprinderi și institute de cercetare, a publicat lucrări de specialitate, deține brevete de invenții, totuși literatura a fost și a rămas vocația și pasiunea lui. A debutat în 1970 cu poezie în presa literară și editorial în 1985 cu volumul *Pornind de la zero*, carte premiată la concursul de debut în poezie pentru anii 1979 – 1980 al Editurii Junimea, apreciată după publicare și distinsă cu Premiul de debut al Uniunii Scriitorilor. După 1989, creația lui a intrat într-o perioadă prodigioasă, obținând numeroase premii și distincții printre care Premiul „Mihai Eminescu" al Academiei Române, cele acordate de Uniunea Scriitorilor din România (2003 și 2011) și USR – Filiala din Iași (1995, 1997, 2002), de Uniunea Scriitorilor din Republica Moldova (2002). Poezia lui a fost tradusă în peste 20 de limbi și editată în mai multe țări din lume. Anii '90 i-au fost o perioadă explozivă de idei şi creaţie poetică, a fondat Editura Timpul şi a întemeiat revista *Poezia*, a preluat ca redactor-şef, apoi ca director conducerea revistei *Convorbiri literare*, publicaţie de un prestigiu secular; şi-a dedicat toate energiile pentru continuitatea tradiţiei culturale din vechiul oraş Iaşi şi din Moldova, aprinzând una după alta lumina spiritualităţii.

În cariera sa de poet de peste o jumătate de veac, Cassian Maria Spiridon a publicat zeci de volume şi ocupă un loc important între poeţii contemporani din România. Privind în ansamblu, poezia lui urmăreşte o exprimare raţională, pură şi filosofică a existenţei. Universul infinit, pustietatea întinsă în gol, aspecte ale vieţii cotidiene, elemente de peisajistică miniaturală, toate îi pot servi ca motive sau lume imaginară pentru decoperirea adevărului din aparenţe şi interogararea sufletului. Unele poeme de-ale lui, de o simplitate şi dârzenie aparte, întruchipează sugestiv o atitudine demnă şi paşi înainte în ciuda singurătăţii, exprimând lupta interioară neînduplecată contra oricărei vicisitudini ale destinului, iar altele, fine şi mlădioase, sensibile la întâmplări sau metamorfoze din viaţă, sunt pline de afecţiune pentru cei dragi şi revelaţie faţă de viaţă şi moarte. El este atent la autoalimentarea din clasicii literaturii europene prin care şi-a adăugat propriei opere o profunzime conceptuală şi dimensiuni valorice. De asemenea, a dat dovadă de o îndemânare cu care, beneficiind de cultura ortodoxă ca esenţa spiritualităţii poporului român, şi-a impus poeziei sale o pronunţată notă de linişte, puritate, veneraţie şi sfinţenie.

Limbajul şi formele de exprimare întâlnite în poezia lui Spiridon au şi ele trăsături distincte. Poeziile lui, în majoritate scurte şi deloc complicate sau încărcate, sunt scrise într-un limbaj concis, metaforic şi reţinut, dar în acelaşi timp şi cu tâlc. A luat avantajul formei de „aliniere în trepte" a versurilor la care şi-a pus în mod inovator şi exprimarea de genul „substituiri alternative". Prin urmare, putem simţi în lectura versurilor sale ondulaţiile puternice de idei şi sentimente ale poetului trăite în momentul scrisului, scripturile căpătând astfel caracterul de stratificare, ritmicitate şi extensiune.

Critica literară românească a receptat în mod elogios poezia lui Spiridon. Iată ce scrie în acest sens marele critic și istoric literar Romul Munteanu: „Trăiesc de multă vreme cu impresia că invazia ludicului în poezia ultimelor generații a făcut imposibilă percepția profundă a tragicului existențial. [...] Mi-am dat însă seama că generalizărilor grăbite li se opun întotdeauna anumite excepții. Una dintre cele mai elocvente excepții le oferă întreg itinerariul poetic parcurs de Cassian Maria Spiridon." Conform unui alt important critic, Gheorghe Grigurcu: „Dacă un Adrian Maniu a avut o sensibilitate picturală, Cassian Maria Spiridon face parte din rândul poeților (între care un Gellu Naum) care dovedesc o sensibilitate grafică."

Pentru ca cititorii din țara noastră să poată avea acces la opera acestui poet, am selecționat peste o sută de poezii din majoritatea volumelor lui publicate, împreună cu niște fragmente din cele două volume de „gânduri" despre poezie, alcătuind antologia de față. În afară de patru titluri – *Pornind de la zero, Nu există, Totdeauna* și *Între două lumi* – publicate în revista chineză *Poezia*, numărul din martie 2003, toate celelalte au fost traduse recent. Limitat de programul traducătorului din ultimii ani, extrem de încărcat, lectura, selecția și traducerea efectivă a mers încet, cu multe întreruperi, și în traducerile făcute sunt inevitabil scăpări chiar erori, volumul rămânând astfel deschis pentru orice observații și critici din partea cititorilor.

Ne-a onorat cu Prefața domnul Jidi Majia, poet remarcabil, vicepreședinte al Uniunii Scriitorilor din China și membru al Secretariatului (/Comitetului Director), care dintr-o viziune aparte a dat înalte aprecieri pentru poezia românească, în general, și creației lui Cassian Maria Spiridon în particular, recomandându-le cu căldură. O atenție specială a fost acordată și din partea Editurii Pedagogice din Shandong, reprezentată prin domnul directorul Liu Dongjie şi doamna redactor-şef adjunctă Zhu Li. Coperta şi interiorul volumului au fost proiectate inspirat la Studioul lui Liu Yunlai al Editurii pentru Literatură şi Artă din Henan. Au lucrat atent şi domnii şi Sun Wenfei, responsabili de carte. Ne exprimăm aici întreaga noastră gratitudine către toţi cei care au contribuit la realizarea acestei cărţi.

În timpul definitivării traducerilor s-a abătut pe neaşteptate la Wuhan în provincia Hubei epidemia cu Covid-19. Cassian şi mulţi prieteni români şi-au exprimat prin diferite căi solidaritatea şi simpatia pentru poporul chinez. Asta ne-a făcut să simţim încă o dată că ceea ce a scris în poemul *Într-o dimineaţă* este nu numai o binecuvântare personală pentru prietenia dintre ţările noastre ca vatră de existenţă comună, dar este şi vocea adevărată, cea mai de suflet a oamenilor din România.

Ding Chao

februarie 2020, Beiwai